Heine Würstchen
Heine
Würstchen
Halberstadt

blue notes
66

Frauen bekommen in der Weimarer Republik endlich eine hörbare Stimme. Sie sind seit 1919 wahlberechtigt, dürfen studieren und opfern das lange Haar dem Bubikopf. Als einer der wichtigsten Autoren seiner Zeit stellt Kurt Tucholsky den neuen Frauentypus in den Mittelpunkt seines Schreibens. Claire Waldoff, Rosa Valetti, Trude Hesterberg singen seine Chansons. Als Zeitungsredakteur hat er es mit schlagfertigen Kolleginnen zu tun, Gabriele Tergit, Irmgard Keun, Vicki Baum. Seine Partnerinnen sind gestandene Frauen, die erste Gattin Else Weil ist eine der ersten Ärztinnen Preußens, die Freundin Lisa Matthias Journalistin, die zweite Ehefrau Mary Gerold ist Herausgeberin seiner Werke. Hier kommen die Frauen im Leben Kurt Tucholskys zu Wort, Diven auf der Bühne, Autorinnen an der Schreibmaschine und die Lebensgefährtinnen des umtriebigen Schriftstellers und Publizisten.

Unda Hörner, Jg. 1961, studierte Germanistik und Romanistik in Berlin und Paris, promovierte über die Schriftstellerin Elsa Triolet und lebt als freie Autorin in Berlin. Bei ebersbach & simon erschienen u.a. *Auf nach Hiddensee! Die Bohème macht Urlaub* (2003), *Hoch oben in der guten Luft. Die literarische Bohème in Davos* (2005) und *Scharfsichtige Frauen* (2010).

Unda Hörner

Ohne Frauen geht es nicht

Kurt Tucholsky und die Liebe

ebersbach & simon

Inhalt

Diven und Diseusen
Gussy Holl, Claire Waldoff, Rosa Valetti und Trude Hesterberg

Kurt Tucholskys frühe Liebe gehört den Frauen mit ganz großem Auftritt, den Schauspielerinnen und Sängerinnen, die zu den Musen des Dichters werden. Sie begegnen ihm beizeiten: Die Wohnung der Familie Tucholsky befindet sich um 1900 in der Dorotheenstraße 11 in der geschäftigen Berliner Innenstadt, wo Bankhäuser und Theater das Stadtbild prägen. Nur kurz sind die Wege bis zum Deutschen Theater in der Schumannstraße, zum Linden-Kabarett in der prächtigen Kaisergalerie, zum neuen, 1898 gegründeten Metropol-Theater in der Behrenstraße oder zum beliebten Berliner Wintergarten unter einer in den Nachthimmel strahlenden Glaskuppel im luxuriösen Central-Hotel am Bahnhof Friedrichstraße. International bekannte Revuestars geben Gastspiele, Mistinguett und Yvette Guilbert aus Paris, La belle Otéro und La Tortajada, odaliskenhafte Erscheinungen, die einem Traum vom Barock entsprungen zu sein scheinen. Auf den zehnjährigen Kurt Tucholsky übt die Stadt, in der er am 9. Januar 1890 geboren wird und in der das Theaterleben gerade eine Blüte erlebt, großen Reiz aus: an Litfaßsäulen Plakate mit Ankündigungen immer neuer Inszenierungen, die klangvollen Namen der Künstler und Künstlerinnen, in prunkvollen Foyers stilvoll gewandete Herren und Damen mit großen Hüten und in Abendrobe. Auch, wenn er sich nach einem leidlichen Abitur 1909 für Jura immatrikuliert, seine wahre Liebe gehört der Bühne. Das schillernde Künstlermilieu stellt eine willkommene Gegenwelt zu einem Zuhause dar, wo die Mutter Doris ein strenges Regiment führt und jenseits ihrer eigenen Wertvorstellungen nichts gelten lässt, und aus dem sogar der Vater, Alexander Tucholsky, in eine andere Beziehung ausbricht. Während Kurt Tucholsky über einer Doktorarbeit in Zivilrecht mit dem spröden Titel *Die Vormerkung aus § 1179 BGB und ihre Wirkungen* brütet, die nicht auf Anhieb akzeptiert wird, gelingt es dem jungen, stets elegant gekleideten Mann noch vor dem Ersten Weltkrieg im sozialdemokratischen *Vorwärts* und in Siegfried Jacobsohns *Schaubühne* Theaterkritiken unterzubringen. Er schreibt über das Metropol-Theater, den Wintergarten, die Revuegirls, deren viele im Takt geschwungenen Beine aussehen, als gehörten sie zu einem einzigen Körper, und ist der Auffassung, die Berliner Cabarets seien recht verklemmt: »Ein Eingehen auf diese witzigen Probleme da, auf die Feinde Mann und Frau und Weib und Weib, das gibt es nicht – ›und was dann weiter geschah …‹. Der Vortragende zwinkert, das Publikum versteht und brüllt und bereitet sich würdig vor ... mehr nicht.«[1] Das komplizierte Verhältnis von Mann und Frau beschäftigt Tucholsky sein Leben lang, sowohl als Liebender als auch als Literat und Songschreiber.

1918, der Erste Weltkrieg ist vorbei, das Kaiserreich mit seinen strengen Sitten Geschichte, und das Kabarett, das im Laufe des langen Krieges verboten worden war, erfindet sich neu. Größer denn je ist das Bedürfnis nach Frohsinn, Freizügigkeit und Unterhaltung. Im *Berliner Tageblatt* wetteifern Ankündigungen von Theatervorstellungen, Witwenbällen und Revuen miteinander. »In Berlin war das Kabarett der Entdecker der neuen Berlinerin. Bei Rudolf Nelson und Trude Hesterberg zeigten sich, gar nicht prüde und geizig, aber durchaus angezogen, die verwandelten jungen Frauen, die außer ihren Hüften und Beinen auch noch Witz zu verkaufen hatten. In der Jahrhundertwende hatten nur die Männer das Lied von Berlin singen dürfen. Jetzt sangen die jungen Frauen die neuen Lieder. Sie waren ihnen von den Dichtern auf den Leib geschrieben worden, und darum ließen sie auch die Kniekehlen mitsingen. Es klang sehr gut. Die Diseusen des literarischen Kabaretts repräsentierten alle Variationen der Berliner Venus, vom Mädchen zur zärtlichen jungen Frau, über die Selbstzerstörte, die witzige Aspasia, die geistreich-rustikale Schönheit bis zu der Bürgerin, die den Hut etwas zu schief aufhat, weil ihr ›so nach Tamerlan ist‹.«[2]

Tucholskys lockeres Lied über den exotischen Wüstling Tamerlan, mächtiger Herzog der Kirgisen, den alle Frauen anschmachten, wird von Käthe Erlholz in der Revue gesungen, die ihr Mann Rudolf Nelson seit 1920 am Kurfürstendamm, im Eckhaus mit dem späteren Astor-Kino, auf die Bühne bringt. Die Nelson-Revue ist neben Schall und Rauch und der Wilden Bühne eines der drei berühmtesten Kabaretts der Weimarer Republik. Nelsons Vorstellungen mit musikalischen Glanznummern in aufwendigen Kulissen gehören zum Opulentesten, was das Genre zu bieten hat. Eine der Ausstattungsrevuen unter Tucholskys Mitwirkung heißt – nach einer beliebten Zigarettenmarke – *Total Manoli*. Darin haben sämtliche Berliner Typen, vom Eckensteher bis zum Snob, ihren Auftritt, zur Parade der Weiblichkeit gehören Tauentzienmädchen, Bardame und Nackttänzerin. Hier, bei Nelson, wo mit Marlene Dietrich und Hans Albers die erste Garde junger Talente beklatscht wird, tanzt auch die skandalumwitterte Anita Berber, ein paar Jahre vor Josephine Baker, die im Januar 1926 mit nichts als ihrem legendären Bananenröckchen am Leibe ganz Berlin in Entsetzen und Entzücken versetzt.

Der Nachkriegs-Tucholsky schreibt nicht mehr nur über die Bühne, er schreibt für sie. Für welche Sängerinnen, das sucht er sich aus. Jedes Lied muss wie angegossen sitzen, zur Interpretin passen wie ihr Lieblingskleid. »Seine Chansons hatten ihre Premiere alle schon zu Hause in seiner Wohnung hinter sich, bevor sie öffentlich zu hören waren. Wenn er am Klavier saß und arbeitete, stand stets ein Topf Kaffee dabei. Daran erinnerte sich seine zweite Frau, Mary Gerold-Tucholsky, noch ganz genau.«[3] Wie enttäuscht war Tucholsky, als die berühmte Fritzi Massary, zu deren Fans er schon lange gehörte, mit den Liedern nicht zufrieden war, die er für eine geplante Revue mit ihr als Hauptdarstellerin geschrieben hatte. »Es ist in dem, was Sie gebracht haben, kein Wort, das ich singen kann«, so ihre Rede.[4] Fritzi Massary war als Lustige Witwe, Czardasfürstin und Madame Pompadour schon vor dem Ersten Weltkrieg ein umschwärmter Operettenstar, für das mondäne Magazin *Die Dame* posierte sie als Stilikone im Pelzmantel mit ihrem Maybach-Cabriolet und zu Hause am Toilettentisch. Tucholskys ironisch-zweideutige Texte mögen für ihren am traditionellen Gesangstheater orientierten Geschmack zu frech, zu provokant und ironisch gewesen sein.

Mit Interpretinnen, die den neuen Zeitgeist besser verkörpern, weil sie von überkommenen weiblichen Rollenbildern abweichen, keine Scheu vor Tabubrüchen und eine androgyne Ausstrahlung haben, wird Tucholsky glücklicher. Er schwärmt für ein »Zwitterding zwischen Mädchen und Junge, das von beiden Fakultäten nur die Vorzüge hatte.«[5] Diese Vorliebe fürs Changierende wirft durchaus einen Schatten auf sein Privatleben voraus, in dem er sich als Liebender so ungern festlegt. Seine unerreichte Favoritin unter den Sängerinnen ist Gussy Holl, Jahrgang 1888, eine elegante Erscheinung, halb Deutsche, halb Amerikanerin, jungen- und damenhaft zugleich. Schon als Tucholsky im Ersten Weltkrieg im fernen Baltikum Dienst in Uniform tat, hing über seinem Schreibtisch ein Bild der Umschwärmten.

»Zieh dich aus, Petronella, zieh Dich aus!
Denn du darfst nicht ennuyant sein,
und nur so wirst Du bekannt sein;
und es jubelt voller Lust das ganze Haus
Zieh Dich aus, Petronella, zieh Dich aus!«[6]

So singt Gussy Holl in Max Reinhardts Kabarett Schall und Rauch mit herber Altstimme Tucholskys Parodie auf das laszive Dirnenlied, das gerade en vogue ist. Neben Gussy Holl treten im Untergeschoss des jüngst an der Friedrichstraße eröffneten, an eine Tropfsteinhöhle erinnernden Großen Schauspielhauses ebenso berühmte Vortragskünstler auf wie bei Rudolf Nelson. In von John Heartfield oder George Grosz gestalteten Kulissen sind Claire Waldoff, Rosa Valetti oder Trude Hesterberg zu sehen und zu hören. Für Gussy Holl schreibt Tucholsky das *Japanlied, Adagio con brio, Wenn der Mond, wenn der Mond* und das populäre *Immer um die Litfaßsäule rum*, das den Geist der Großstadt, wo die neuesten Neuigkeiten einander jagen, beschwört. Tucholsky alias Peter Panter macht kein Geheimnis aus seiner Schwäche für die hochgewachsene »Königin aller Blondheit«: »Ich bin verliebt (darf es, weil ich ein Pseudonym bin), der zitternde Kohinoor entgleitet der Hand, ich liebe alles an ihr: ihr Kleid, ihre dünnen Arme, das Fräulein Holl und die Gussy [...] ein Zauberwesen, das nicht isst, nicht schläft, nicht lebt, sondern das nur singt, Kusshände wirft und vom lieben Gott eigens dazu geschaffen ist, uns armen jungen Leuten Trost einzuflößen, den wir durch unsre Familie wohl verdient haben.«[7] An einen Freund schreibt er: »Sie ist in der Tat ganz blond und schlank, hat einen besonderen Witz – was bei Frauen mehr ist: Humor – und macht Gott und die Welt entzückend nach. Sie filmt (leider!) und tritt – hurra – hier und da in Hurenställen, soidisant Cabarets auf, aber dann ist sie hinreißend. Ich mag gern Menschen sehen, bei deren Erschaffung der liebe Gott ganz aufgepasst hat – bei den meisten hat's draußen geklingelt und er hat das Zeug immer halb fertig gelassen.«[8] Besonders hat es ihm eine schräge Nummer angetan, in der sie einen Damenimitator imitiert. »Die Frau fühlt, wie unendlich weit es immer noch ist von jedem Mann, und sei er der weibischste, bis zu ihr. Wie diese Kluft doch nicht zu überspringen ist. Und so macht sie sich über die vergeblichen Anstrengungen eines Gegners lustig, den sie ja allerdings nicht mehr als Mann anerkennt, aber der doch nur ein amüsantes Zwischending ist, beileibe keine Frau.«[9]

Auguste ›Gussy‹ Holl ist gebürtige Frankfurterin, und Kurt Tucholsky war der Meinung, die Stadt am Main habe zwei berühmte Männer hervorgebracht, Goethe und die Holl – ein Kompliment, das ihr vielleicht die Fähigkeit, Männer auf der Bühne zu parodieren, einbringt. Auch der Schriftsteller Carl Zuckmayer schwärmt von ihr als »Deutschlands brillantester und ebenso gescheiter wie schöner ›Diseuse‹, dem Rang einer Yvette Guilbert nicht nachstehend.«[10] Ein schmeichelhafter Vergleich, denn das französische Kabarett, dessen Star Guilbert ist, gilt als Vorbild und Wiege des Genres. Zwischen 1918 und 1922 mit dem charismatischen Mimen Conrad Veidt verheiratet, lebt Gussy Holl in zweiter Ehe mit dem schauspielerischen Schwergewicht Emil Jannings. Das Paar pendelt zwischen Berlin und einem ländlichen Anwesen am Wolfgangsee mit Geflügel und Schweinen, die den Gästen von der leidenschaftlichen Köchin vorgesetzt werden. Gussy Holl verstehe es, so der bestens bewirtete Zuckmayer, »aus einem Sauerbraten, einer Gans, einer Schlachtschüssel oder einem Rindfleisch mit ›Grüner Soße‹ pantagruelische Festmähler zu gestalten.«[11] Kurt Tucholsky unternimmt Ausflüge mit dem Schauspielerpaar, im Juni 1922 berichtet er Mary Gerold von einer Tour in den Spreewald. »Manchmal sitze ich bei der Holl [...], sie ist von den vielen Männern, die sie in ihrem Leben gehabt hat, ein bisschen leer gemacht. Aber sie ist immerhin ein fabelhaftes Temperament, entzückend liebenswürdig, und wenn sie gar singt, bleibt

Emil Jannings mit seiner Tochter Ruth-Maria und seiner Frau Gussy Holl (r.) in Paris.

einem das Herz stehen. Ihr Mann ist freundlich, sieht merkwürdig aus – und wir trinken dann Bowle – es sind Leute, die viel Geld verdienen, – und erzählen uns was.«[12]

Gussy Holl steht auch vor der Kamera. »Wir waren im Kino zu der Premiere eines Films, in dem sie und ihr Mann mitspielten«, berichtet Tucholsky. »Die Leute klatschten, und er bekam dicke Kränze, und sie tat, als sei ihr das schrecklich. In Wirklichkeit liebt sie ihn sehr und ist furchtbar stolz auf ihn. Das mag fraulich sein ... aber sie muss nicht blasiert tun.«[13] In *Die Prostitution* spielt Gussy Holl neben ihrem ersten Gatten Conrad Veidt und Anita Berber ein gefallenes Mädchen. Der Film aus dem Jahr 1919 ist eine zeittypische Anklage der sozialen Missstände, durch die alleinstehende junge Frauen allzu oft in eine Notlage geraten, die sie zwingt, ihren Körper zu verkaufen. Wissenschaftlicher Berater bei den Dreharbeiten war kein Geringerer als der Arzt Magnus Hirschfeld, der erst vor Kurzem in Berlin sein Institut für Sexualwissenschaft eröffnet hatte. Entstehen konnte der Film in den chaotischen Umbruchszeiten nach Kriegsende ohne Zensurinstanzen, war aber nach seiner Premiere im Marmorhaus am Charlottenburger Tauentzien nur kurz zu sehen. Schon 1922 wurde er wegen seiner angeblich unsittlichen Handlung zerstört und ist seither unauffindbar.

Zwischen 1926 und 1929 leben Holl und Jannings in Hollywood, wo er in mehreren Filmen mitspielt und mit einem Oscar geehrt wird. »Emil war dollarschwer aus Hollywood heimgekehrt, als ihn der Tonfilm, dem er sich in der fremden Sprache nicht ausliefern wollte, von dort vertrieb.«[14] Kurt Tucholsky erfährt bei seinem Aufenthalt im schwedischen Läggesta von der Rückkehr des Paares nach Europa und schreibt an Walter Mehring: »Um Gussys Anblick habe ich Sie sehr beneidet – ich hoffe immer noch im Stillen, dass die heilige Familie hier raufmacht, wo ER ungeheuer pompulehr ist – dann führe ich sofort nach Stockholm.«[15] Die enorme Popularität von Jannings, die sich 1930 durch seine Paraderolle als ›Professor Unrat‹ in *Der blaue Engel* nur mehr steigerte, führte dazu, dass die glamouröse Gussy Holl als Diva und Diseuse in seinen Schatten trat und bis zu ihrem Tod im Jahr 1966 nicht mehr auf der Bühne stand. Dabei war sie als Besetzung der ›feschen Lola‹ sogar im Gespräch gewesen, bevor Marlene Dietrich mit dieser Rolle ihren Siegeszug nach Hollywood antrat. Sei's drum: »Ich hab sie am liebsten«, so Tucholsky über Gussy Holl, »wenn sie abends unter der Lampe sitzt und plaudert und trinkt und raucht.«[16]

Ein komplett anderer Typ als Gussy Holl, aber bei Tucholsky nicht minder beliebt, ist die »Berolina des Chansons, die Vollendung des Berliner Gamins«, so der Dichter über die volksnahe Sängerin Claire Waldoff.«[17] Die Berliner Urgewalt kommt eigentlich aus Gelsenkirchen und heißt Clara Wortmann.

Claire Waldoff (r.) im Duett mit Margo Lion

1906 hat sie ihre Heimatstadt verlassen, um an der Spree ihr Glück als Schauspielerin zu versuchen. Ursprünglich hatte sie mit dem Abschluss eines fortschrittlichen Hannoverschen Mädchengymnasiums in der Tasche Medizin studieren wollen, doch dazu reichte das Geld der Familie nicht. Sie tritt 1915 im Linden-Cabaret und im Chat Noir in der Friedrichstraße auf, wo Rudolf Nelson ihr Talent entdeckt. Ihre Bedingung, ausschließlich an der Seite von Frauen aufzutreten, akzeptiert er. Scheinbar spielend lernt Claire berlinern, mit ihrer rauen, frechen Stimme. Für einen ersten Auftritt lässt sie sich im Modesalon Adam extra einen Etonboy-Anzug mit gestreifter Hose und weißer Weste schneidern, auf dem Kopf trägt sie einen Zylinder. Die strenge Zensur macht Claires kostümiertem Auftritt einen Strich durch die Rechnung. Dass eine Frau abends nach elf in einem Herrenanzug auftritt, ist gesetzlich verboten. Außerdem gelten die Verse des visionären Dichters Paul Scheerbart, die sie vortragen will, als antimilitaristisch und subversiv.

Als Tochter eines Kneipenwirtes und ehemaligen Steigers im Ruhrpott hat Claire Waldoff ein Gespür für das, was einem Publikum gefällt, das nach langem Arbeitstag Amüsement und Ablenkung sucht. Während der Zwanzigerjahre avanciert sie zum Superstar des volksverbundenen Kabaretts. Die Begegnung mit Kurt Tucholsky findet recht spät statt, erst 1929. Als Claire Waldoff sein Lied *Mutterns Hände* hört, ein Lob der treusorgenden Mutter, die der Dichter in seinem Leben so schmerzlich vermisst hat, nimmt sie es sofort in ihr Repertoire auf. Viele der Tucholsky-Lieder, die die Waldoff noch singen sollte, erscheinen als Schallplattenaufnahme: *Fang nie was mit Verwandtschaft an*, *Beim Happy End wird abjeblendt* oder *Zieh doch dein Dirndl an vom Tegernsee*. Als sie die Verse seiner *Berolina* singt, haucht sie dem steinernen, fast acht Meter hohen Denkmal und Wahrzeichen der Stadt auf dem Alex lautstark Leben ein:

»Ich stehe da und streck die Hand aus;
der Alexanderplatz, der is perdü!
Ick seh noch alle Tage elejant aus –
ick hab nur vorne hab ick zu viel Schüh!
Nu muss ick jehn. Nu wert a balde lesen:
Mir hamse injeschmolzn. Lasst ma ziehn!
Ick hab euch jern. Es wah doch schön jewesen:
als Wappen von die olle Stadt Berlin –!«[18]

Schon als Kritiker ihrer frühen Auftritte im Linden-Cabaret hatte Kurt Tucholsky den originellen Gesangsstil der Waldoff gelobt: »Buttrig, quäkend und tugendsam singt sie erst eine Menge Dinge von ihrem Liebsten, ob und wie und wo – und auf einmal, über die bewegten Köpfe der lachenden Zuschauer und durch den Zigarrenrauch und den Lärm brüllt ihre Stimme andante: Hermann heeest a [...] so ulkig angelernt, so wenig adäquat der Brüllstimme, dass man fassungslos ist. Wie ringt sie sich dieses Piano, jenen Sopran ab? Einen Sopran, der so hoch ist, dass sie gleich kippeln wird, g, gis, a, b ... Gottseidank, gerettet! Sie singet, wie der Berliner Spatz singt, unbekümmert, frech – und dann (Stimme, von innen, verhallend): Hermann heeest a.«[19]

Er heißt aber nicht Hermann, sondern Olga. Claire Waldoff und ihre Freundin Olga von Roeder gehören zu den schillerndsten Erscheinungen des schwul-lesbischen Berlin, dessen Etablissements rund um den Schöneberger Nollendorfplatz liegen: der Damenklub Pyramide in der Schwerinstraße ist eine feine Adresse; in der Motzstraße erlangt das Eldorado mit Travestie-Shows Berühmtheit; im Nationalhof am Dennewitzplatz findet der schwule Böse-Buben-Ball ebenso statt wie Bälle exklusiv für die aneinander interessierten Damen.

SA-Trupps attackieren bereits Ende der Zwanzigerjahre diese farbenfrohe Welt. 1933 wird Claire Waldoff, die immer wieder auch vor ›rotem‹ Publikum wie dem der Internationalen Arbeiterhilfe gesungen hatte, mit einem Auftrittsverbot belegt. Ihr wohl pragmatischer Eintritt in die Reichskulturkammer ändert nichts daran, dass man der Sängerin mit dem proletarisch-lesbischen Image immer wieder Steine in den Weg legt. Sie engagiert sich dennoch und übernimmt – in dem Jahr, in dem die Berolina auf dem Alexanderplatz zu Munition umgeschmolzen wird – die musikalische Truppenbetreuung der Wehrmacht 1942 in Paris, doch als freche, zeitkritische Sängerin von

Die Schauspielerin, Kabarettistin und Chansonette Rosa Valetti

Tucholsky-Liedern ist sie verstummt und lebt bis zu ihrem Tod 1957 zurückgezogen mit ihrer Freundin Olga in einem Häuschen in Bad Reichenhall. Mit ihrem Markenzeichen, der Krawatte, ist ›die Waldoff‹ zu einer Ikone des Berliner Liedes geworden.

Zu einer Lieblingssängerin Kurt Tucholskys avanciert auch die eigenwillige Rosa Valetti. Die ist Jahrgang 1876, Tochter eines Berliner Holzhändlers mit Geschäftsniederlassung am Kurfürstendamm und schon auf verschiedenen Vorstadtbühnen aufgetreten. Die Begegnung mit Tucholsky verschafft ihr Nummern, durch die ihre Auftritte unverwechselbar werden. Der Liederdichter hat das Talent der ausdrucksstarken Berlinerin mit dem kantigen Gesicht, den leicht hervorquellenden Augen und der tiefen Tonlage erkannt. Ihr Typ passt bestens zum Kabarett der jungen Weimarer Republik, das nicht nur offenherziger, sondern auch politisch geworden ist. Von wegen Eskapismus! Das Publikum, das in den Zuschauersälen klatscht, sucht nicht nur blanke Zerstreuung: *Die rote Melodie*, von Valetti in Max Reinhardts Kabarett Schall und Rauch vorgetragen, handelt vom Krieg, der allen noch in den Knochen steckt. Tucholsky gibt den Frauen, den Witwen und Müttern, denen die Söhne im Namen des Vaterlands genommen wurden, eine Stimme:

»Ich bin allein.
Es sollt nicht sein.

Mein Sohn stand bei den Russen.
Da fuhr man sie,
wie's liebe Vieh,
zur Front – in Omnibussen.
Und da – da blieb die Feldpost weg –
Haho! Er lag im Dreck.
Die Jahre, die Jahre,
sie gingen träg und stumm.
Die Haare, die Haare
sind grau vom Baltikum …«[20]

Die rote Melodie wird zu Rosa Valettis Glanznummer. »Wenn einer ein politisches Chanson schreiben kann, dann bist Du es!«, bemerkt sie in einem Brief an Tucholsky.[21]

Die tatkräftige Sängerin gründet 1920 ihr eigenes Kabarett in Räumen über dem Künstlercafé gleichen Namens: Größenwahn – Bänkel und Bühne am Kurfürstendamm. Schnell versammelt sich hier die erste Garde von Künstlern aus dem berühmten Schall und Rauch. Ihre neue Rolle nutzt Rosa Valetti aber auch, um neue Talente zu fördern; so hat etwa der junge Gustaf Gründgens hier seine ersten Auftritte. Eine ihrer Entdeckungen, zu der Tucholskys Lieder besonders gut passen, ist die zwanzigjährige rotblonde Kate Kühl. Die Arzttochter ist aus Köln nach Berlin gekommen, um am renommierten Stern'schen Konservatorium in der Bernburger Straße zu studieren. Als ausgebildete Oratoriensängerin träumt sie von der großen Opernbühne, gibt diesen Traum jedoch bald zugunsten des intimen, publikumsnahen Kabaretts auf. Ihr Mann, der Bildhauer Karsten Kühl, hatte ihr vom Cabaret Größenwahn berichtet, sie schrieb an die Bühnenchefin, durfte sogleich vorsingen und wurde prompt engagiert. Bald bezeichnet Tucholsky die Kölnerin als seine Muse; der Freund kecker Kosenamen nennt sie salopp ›Kulicke‹, sie intoniert seine *Ballade von der Fischersfrau*, die auf ihren Mann wartet, im Berliner Dialekt *Singt eene uff'n Hof*, trägt lässig an die Wand gelehnt im Mazurka-Rhythmus *Die Dorfschöne* vor, »wehn im Winde meine blauen Röcke / sind die Jungens alle wie die Böcke«. »Manchmal kam er kurz vorbei – immer sorgfältig, ja elegant gekleidet«, so Kate Kühl, »doch zurückhaltend im Umgang mit den Schauspielern. Er saß ruhig dabei und beobachtete unbemerkt. Manchmal zog er ein Notizbuch hervor und schrieb etwas auf. Als Kate Kühl einmal fragte, was er in das Buch hineinschreibe, antwortete er: ›Stichworte!‹«[22]

In den wirtschaftlich so wankelmütigen Inflationszeiten sind auch die Mietverhältnisse unsicher, Verträge gelten wegen des schwankenden Geldwertes immer nur kurze Zeit, und Rosa Valettis Kabarett wird zur Wanderbühne. Ab April 1922 macht sie mit ihrem Programm unter dem Namen Rakete Ecke Joachimsthaler Straße und Kantstraße weiter, im November 1922 leitet sie die Rampe in der Grolmannstraße. Als Rosa Valetti am 31. August 1928 in der Uraufführung von Brechts

Dreigroschenoper die Miss Peachum verkörpert, ist sie bereits eine gefragte Schauspielerin. Auch für die junge Kate Kühl ist Brechts *Dreigroschenoper* ein Riesenerfolg, denn sie brilliert in der Rolle der Lucy, Tochter des Bettlerkönigs Peachum. Für die Premiere wünscht ihr Tucholsky alles Gute: »Du bist doch das allerbeste Stück Erde, Kulicke, das ich jemals gesehen habe. Händedruck. Alles Gute und Böse zum 31. Beinbruch, Halsweh. Kropf! ... so muss man ja wohl sagen, damits gut geht!«[23]

Inspiriert vom Alleingang ihrer Freundin Rosa Valetti gründet die neunundzwanzigjährige Sängerin Trude Hesterberg ihr eigenes Kabarett in der Charlottenburger Kantstraße 12: Die Wilde Bühne. »Nach langem Suchen fanden wir im Keller des ›Theaters des Westens‹ in der Kantstraße den geeigneten Raum. Der war verpachtet an einen Restaurationsbetrieb und war eine ziemliche ›Pleitebude‹. Vor Jahren musste es wohl eine Art Bar gewesen sein. Jedenfalls stand so etwas wie eine Theke im Wagnerstil herum. Früher war das ›Theater des Westens‹ Oper gewesen, und ein Professor Sehring hatte als Hintergrund in Goldmosaik ein Wagnermotiv an die Wand gepappt: Hagen mit Wurfspeer, Kriemhild mit Etzel und Siegfried mit einer Art Eierkörbchen, dem Nibelungenhort, Kitsch in Reinkultur.«[24] Als Trude Hesterberg Tucholsky 1921 kennenlernt, ist sie bereits im Berliner Wintergarten und im Kabarett

Die Schauspielerin Trude Hesterberg

Schall und Rauch mit seinen Liedern aufgetreten. Wie Kate Kühl hat sie eine Gesangsausbildung am Stern'schen Konservatorium hinter sich, die sie gegen den Willen ihres Vaters durchsetzen konnte. Ganz unschuldig schien der Drogeriebesitzer aus der Elsasser Straße allerdings nicht an den künstlerischen Ambitionen seiner Tochter zu sein: Er belieferte das Deutsche Theater mit Lack und Farbe für den Bühnenbau, das Thema lag also schon im Elternhaus in der Luft.

Im Künstlerlokal Schwannecke in der Charlottenburger Rankestraße, jenseits des Kudamms, zehn Gehminuten von ihrem Kabarett, schlägt sich Trude Hesterberg vor der Eröffnung der Wilden Bühne mit Textdichtern die Nächte um die Ohren: Klabund, Erich Kästner, Walter Mehring, Joachim Ringelnatz und Kurt Tucholsky, »Pläne wurden gefasst und wieder verworfen, Ideen wurden von allen Seiten beleuchtet und verschwanden wieder in der Versenkung, aber allmählich wurden die Umrisse präziser. Kurt Tucholsky sagte zu, den Prolog zur Eröffnung zu schreiben, und zwar als Parodie auf den Musikschlager ›Ach, du mein schönes Sorrent‹. Die Wilde Bühne war einesteils das Podium, auf dem wir alles, was uns an der aufgedonnerten Raffkezeit nicht passte, zur Sprache brachten, und gleichzeitig war sie auch die frechste Plattform für scharfe Zeitkritik.«[25]

Damit das Publikum die Kasse stetig füllt, muss jeden Monat ein neues Programm her. Trude

Hesterberg singt Tucholskys Lieder, *Das Leibregiment* in Fantasieuniform und mit Kommandostimme zur Trommel, gurrt *Die Herren Männer*, »ach, die Kerle, ach!« Auch sie gibt jungen Talenten eine Chance: Bertolt Brecht gibt seine Ballade *Apfelböck oder die Lilien auf dem Felde* zum Besten. Die junge Französin Margo Lion beschließt hier beim Anblick von Gussy Holl selbst Kabarettsängerin zu werden. Legendär wird Lions Auftritt zusammen mit Marlene Dietrich in der 1928 aufgeführten Revue *Es liegt in der Luft*, wo sie als vermeintliche Freundinnen ein Eifersuchtsduett um einen Mann singen. Wegen der ständigen Geldentwertung erhalten die Künstler von Trude Hesterberg anstatt Gage in barer Münze ein warmes Abendessen – zweifelhaft, ob Kurt Tucholsky das geschmeckt hat, der nur gegen Vorschuss arbeiten wollte. Der trinkfeste Ringelnatz jedenfalls verlangte als Ersatzgage Schnaps.

Am 16. November 1923, Trude Hesterberg hält sich gerade in Zürich auf, bricht in ihrem Kabarett ein Feuer aus. Die Wilde Bühne wird ein Raub der Flammen, sämtliche Einnahmen gehen für Schadensersatzleistungen drauf. Zum Glück helfen der ausgebildeten Sopranistin Operettenengagements und Auftritte im berühmten Kabarett der Komiker am Kurfürstendamm. Noch einmal versucht sie ein Comeback mit einer eigenen Kleinkunstbühne. 1932 eröffnet sie den Groschenkeller in der Kantstraße 126, in den Räumen der Chauffeurs-Kantine des benachbarten Kant-Garagen-Palasts. Auch ihre 1934 gegründete Musenschaukel im prächtigen Restaurant Pavillon Mascotte im Metropol-Theater in der Behrenstraße ist von kurzer Lebensdauer, sie muss aus politischen Gründen nach kurzer Zeit schließen. Zwar tritt Trude Hesterberg weiterhin auf, häufig in der berühmten Berliner Scala, einer Varietébühne in der Schöneberger Martin-Luther-Straße, jedoch mit einem für die neuen Zeiten unverdächtigen Repertoire. Der freche Pepp ist weg, und weil die kritischen Töne fehlen, wird das Kabarett zum harmlosen Singsang. Die kurze Zeit der Wilden Bühne hat jedoch gereicht, sie zu einer Legende werden zu lassen. Seit 2011 hängt eine Gedenktafel am Theater des Westens und erinnert an Trude Hesterbergs Kabarett. Es war ihr gelungen, die »Klassiker des deutschen Chansons« zu versammeln, wie sie in ihren Erinnerungen selbstbewusst schreibt. Die Textdichter verdankten ihre Erfolge nicht allein ihrem eigenen Talent, sondern auch den engagierten Sängerinnen, die den Versen erst Leben einhauchten und das Berliner Chanson ihrer Zeit auf eine Ebene mit dem bewunderten französischen Vorbild zu heben vermochten.

Die kluge Ärztin
Else Weil

Zurück ins Jahr 1910. Unweit der vielen Theater in Berlins Mitte, Unter den Linden, zwischen Flaneuren und Geschäftsleuten, die zwischen Brandenburger Tor und Stadtschloss unterwegs sind, tummeln sich auch die Studenten der Friedrich-Wilhelms-Universität. Einer von ihnen ist der junge Kurt Tucholsky. Er hat das Französische Gymnasium, dann das Königliche Wilhelms-Gymnasium in der Nähe des Potsdamer Platzes besucht und studiert nun, nach dem Abitur, Jura wie einst Heinrich Heine. Wie dieser geht er bald Arm in Arm mit einer Frau über den Berliner Boulevard, bald sitzt er in Begleitung im Theaterparkett und in den Zuschauerreihen der geliebten Kabaretts. Im Herbst 1910, als Else Weil dem angehenden Juristen begegnet, ist sie 21 Jahre jung und hat sich, nach einem Semester an der Philosophischen Fakultät, für die Medizin entschieden. Möglicherweise war »der frühe Tod der jüngeren Schwester Irma Rosy, die im Alter von nur vier Jahren an Wundfieber in Folge einer Operation starb, ein hinreichender Grund für ihre Wahl.«[26]

Else Weil als Schülerin

Else Weil stammt wie Kurt Tucholsky aus dem assimilierten jüdischen Bürgertum Berlins. Geboren am 19. Juni 1889, wächst sie mit den jüngeren Geschwistern Irma Rosy und Kurt in der Alten Jakobstraße 88 im Bezirk Kreuzberg auf. Die Mutter Franziska ist Lehrerin, der Vater Siegmund ein gutsituierter Kaufmann aus Prenzlau, der in dem Stadtviertel voller Handelshöfe sicher keine schlechten Geschäfte macht. Das Berlin der Gründerjahre boomt, und anlässlich der großen Gewerbeausstellung 1896 in Treptow präsentiert das Deutsche Reich stolz seine kolonialen Schätze und industriellen Errungenschaften. Else ist zehn, als die Familie ins großbürgerliche Hansaviertel umzieht, in die Klopstockstraße 26; viele Nachbarn in dieser schönen Wohngegend am Spreeufer sind Maler, Schriftsteller und Opernsänger. Nach dem Besuch der Höheren Töchterschule besteht Else im Februar 1910 das Abitur an der Schöneberger Hohenzollernschule in der Belziger Straße; die heutige Gustav-Langenscheidt-Schule war damals eine Knabenschule, wo sie die Prüfung nur als Externe ablegen durfte.

Der Besuch der Universität bedeutet erst recht ein Eintauchen in eine Männerwelt. Konnten Frauen in der Schweiz schon seit 1840, in Frankreich seit 1863 studieren und in Russland ab 1872 Medizinkurse besuchen, dürfen sie in Preußen zwar seit 1896 Vorlesungen beiwohnen, jedoch nur als Gasthörerinnen und mit persönlicher Einwilligung des Professors. Wie schwer die zu bekommen war, belegen männliche Vorbehalte gegen das Frauenstudium; mit pseudowissenschaftlichen Begründungen wird da die mangelnde Auffassungsgabe der Frau auf fehlende Hirnwindungen zurückgeführt. Besonders uneigennützig scheinen sich Männer um die zarten Seelen der Frauen zu sorgen, wenn sie insbesondere von einem Medizinstudium abraten, da die Sektion von Leichen das weibliche Schamgefühl verletzen, gar zum Verlust ihrer Weiblichkeit und Tugend führen könne. Fortschrittlich zeigte sich indessen der Anatom Hans Virchow, ein Sohn des berühmten Rudolf Virchow, als er 1904 an der Charité Präparierkurse eigens für Frauen anbot – eine rühmliche Ausnahme. Mit dem Argument, weibliche Gefühle schonen zu wollen, stand es einem Anatomieprofessor frei, einen Ausschlussparagrafen geltend zu machen und Medizinstudentinnen auch noch nach 1908 von einer Vorlesung auszuschließen. Seit diesem Jahr nämlich dürfen sich die bislang als Gäste geduldeten Frauen auch immatrikulieren, ein Recht, von dem Else Weil sofort Gebrauch macht. Damit gehört sie zu den 6 % bzw. 414 Frauen, die nun als ordentliche Studentinnen in den Hörsälen der Friedrich-Wilhelms-Universität sitzen. Zu ihren Kommilitoninnen gehört die fast gleichaltrige Charlotte Reiss, die spätere Frau von Alfred Döblin, dessen Berufslaufbahn ebenfalls mit dem Medizinstudium begann. Wie hart der Weg an die Fakultät von Frauenrechtlerinnen erkämpft wurde, wie tief verwurzelt die Abwehr gegen alles Weibliche in Hochschulkreisen war, zeigt die Meinung des Medizinhistorikers Julius Pagel, die während des Studiums von Else Weil durchaus immer noch keine Ausnahme darstellt: »Nur in einer Beziehung ist für mich die ›Ärztin‹ diskutabel: nämlich als Helferin für die Krankenküche.« Es kommt noch krasser: »Seitdem Haarnadeln hier und da auf dem Vorhof der Berliner Universität zu finden sind, hat das akademische Leben eine gewisse Depression erfahren.«[27] Selbst das lockere Satireblatt *Ulk*, dessen Chefredakteur Kurt Tucholsky einmal sein wird, machte sich seinerzeit mit sexistischen Sprüchen und Karikaturen lustig über die Ärztinnen Franziska Tiburtius und Emile Lehmus, die als Wegbereiterinnen ihrer Zunft ihr Studium noch in der Schweiz absolvieren mussten.

Am 3. August 1911 gibt das Preußische Kultusministerium allen Schülern hitzefrei. Ganz Berlin strömt in die Ausflugsgebiete außerhalb der Stadt, an den Müggelsee, an den Wannsee und unter die Schatten spendenden Bäume des Grunewalds. Schon jetzt ist die Rede von einem Jahrhundertsommer. Der populäre Liederdichter Otto Reutter wird ihn besingen: »An diese Hitze denken auch noch heute / bis in die fernsten Zeiten alle Leute. […] Selbst den Frau'n ward alles schwerer / sie wurden immer negligérer.«

Else Weil und Kurt Tucholsky entfliehen der steinernen Stadt, indem sie am Stettiner Bahnhof in einen Zug steigen, ihr Ziel ist Rheinsberg im Ruppiner Land, rund 100 km nördlich von Berlin, in Löwenberg müssen sie umsteigen. Nach knapp eineinhalb Stunden erreichen sie den Bahnhof des beschaulichen Städtchens, das schon Fontane gern bereiste und in seinen *Wanderungen durch die Mark Brandenburg* beschrieb. Mit zwei kleinen Koffern richten sie sich in einem Hotelzimmer des Fürstenhofs gleich am Grienericksee ein, erkunden den Marktplatz, besichtigen das Schloss, durchstreifen den Schlosspark, rudern auf dem See und legen sich auf einer kleinen Insel ins Gras. »Es prickelte so, über die Sehnsucht der Bürger zu spotten, über das, was sie Liebe nannten, über ihre Gier, stets der Erste zu sein … Sie waren beide nicht unerfahren.«[28] Beide, das sind Wolfgang und die selbstbewusst-burschikose, berlinernde Claire aus dem *Bilderbuch für Verliebte*, in das Tucholsky seinen Rheinsberg-Ausflug mit Else Weil verwandeln wird. Auch im wahren Leben ist er nicht unerfahren, mitnichten ungebunden, denn zu jener Zeit ist er mit einer Anderen liiert, die Kitty Frankfurter heißt und mit der er so gut wie verlobt ist. Von dieser Frau weiß man so gut wie nichts, außer ihren Namen und dass es ihr gelang, 1933 nach England zu emigrieren. Die Reise mit der Kommilitonin Else verstößt also ganz klar gegen herrschende Moralvorstellungen, und so hat sie alias Claire ihren Eltern auch keinen reinen

Wein eingeschenkt: »Denk mal, mein Papa und mein' Mama sitzen jetzt im Kontor, fahren in der Stadt herum und glauben ihr Töchterchen wohlgeborgen im Schoße der treusorgenden Freundin.«[29] Diebische Freude über ihr erotisches Geheimnis vereint die beiden jungen Leute drei müßiggängerische Sommertage lang, bevor sie wieder abreisen »in die große Stadt, in der es wieder Mühen für sie gab, graue Tage und sehnsüchtige Telefongespräche, verschwiegene Nachmittage, Arbeit und das ganze Glück ihrer großen Liebe.«[30]

Als das zu zweit in aller Heimlichkeit verlebte Sommeridyll im November 1912 auf Papier erscheint, reißen es die Leser den Buchhändlern aus den Händen. Der unerhört lockere Ton der Dialoge scheint einen Nerv zu treffen, die Sehnsucht nach Leichtigkeit und schwebendem Liebesglück. Else Weils Freundin, die Schriftstellerin Gabriele Tergit – auch sie wohnt im Hansaviertel – schreibt: »Seine bezaubernde erste Frau, eine Ärztin, hat Tucholskys Sprache in ›Rheinsberg‹ erfunden. Diese sehr junge Ärztin verreiste mit einem Gleichaltrigen. Das war eine neue Welt. Da wurde eine Tür geöffnet. Es waren ›Die Leiden des jungen Werther‹ für eine Generation, die in den Weltkrieg zog. Wir alle gaben es unseren Jungs in den Krieg mit.«[31] Tucholskys Freund und Kabarett-Dichterkollege Walter Mehring hält sich mit Lob zurück: »Dies infantile Schlafzimmer-Gealber, das er phonetisch waschecht aufnotiert hat, das hatte Pimbusch ihm eingeflüstert – seine erste Frau, die Kinderärztin Frau Dr. Else Weil.«[32] Pimbusch, das ist Tucholskys Spitzname für Else Weil, nach einer wenig ansprechenden und eher verklemmten Frauenfigur aus Heinrich Manns Roman *Schlaraffenland*. Else hat ihrem Geliebten diesen wohl ironisch gemeinten ›nom de guerre‹ nicht übel genommen. Im Gegenteil, die Dialoge in der Rheinsberger Geschichte lassen ahnen, dass beide mit ihrer Lust am Sprachspiel und an der saloppen Formulierung auf Augenhöhe waren.

Gemeinsam mit seinem Freund Kurt Szafranski, von dem die Zeichnungen stammen, die das Rheinsberg-Buch illustrieren, reist Tucholsky im Frühherbst 1911, Berlin schwitzt noch immer bei über 30 °C, nach Prag. In den Kreisen von Max Brod treffen sie auf einen jungen Schriftsteller, von Haus aus Jurist wie Tucholsky. Er heißt Franz Kafka und vermerkt am 30. September in seinem Tagebuch: »Tucholsky und Szafranski. Das gehauchte Berlinerisch, in dem die Stimme Ruhepausen braucht, die von ›ich‹ gebildet werden. Der erste ein ganz einheitlicher Mensch von einundzwanzig Jahren. Vom gemäßigten und starken Schwingen des Spazierstocks, das die Schulter jugendlich hebt, angefangen bis zum überlegten Vergnügen und Missachten seiner eigenen schriftstellerischen Arbeiten. Will Verteidiger werden, sieht nur wenige Hindernisse gleichzeitig mit der Möglichkeit ihrer Beseitigung: seine helle Stimme, die nach dem männlichen Klang der ersten durchredeten halben Stunde angeblich mädchenhaft wird – Zweifel an der eigenen Fähigkeit zur Pose, die er sich aber von größerer Welterfahrung erhofft – endlich Angst vor einer Verwandlung ins Weltschmerzliche, wie er es an ältern Berliner Juden seiner Richtung bemerkt hat, allerdings spürt er vorläufig gar nichts davon. Er wird bald heiraten.«[33]

Ein kapitaler Satz aus der Feder eines Mannes, der sich während einer Verlobungszeit von vier Jahren, in denen er seine Verlobte kaum gesehen hat, ausgiebig mit dem Für und Wider einer Ehe beschäftigt, vor allem in nahezu täglich versandten Briefen an seine am Ende verschmähte Braut. Auch Kurt Tucholsky wird die unsichtbare Verlobte Kitty Frankfurter nicht ehelichen. Oder hat der junge Mann aus Berlin, noch ganz unter dem Eindruck der just zurückliegenden romantischen Rheinsberg-Reise, bei Kafka in Prag liebevoll und wie ein glücklich Verlobter von seiner Freundin Else Weil gesprochen?

Denn sie wird er heiraten, nicht Kitty Frankfurter, allerdings nicht sofort. Zwischen Tucholskys Prag-Besuch und der Hochzeit mit Else liegen mehr als acht wechselvolle Jahre. Entschiedener zeigt Tucholsky sich als Schriftsteller, denn die Begegnung mit Kafka scheint ihn erst recht darin bestärkt zu haben, literarisch tätig zu werden. Als Publizist und Theaterkritiker hat er sich bereits zu Wort gemeldet, *Rheinsberg* macht ihn weiteren Kreisen nun auch als Prosaautor bekannt. Es sind diese Jahre kurz vor dem Ersten Weltkrieg, in denen Tucholsky den Grundstein seiner schriftstellerischen Existenz legt. Am 28. August 1914 fallen die Schüsse von Sarajewo, und am 10. April 1915 fährt er, nicht ohne zuvor noch rasch seine Dissertation an der Universität Jena zu verteidigen, vom Schlesischen Bahnhof mit einem Truppentransport in Richtung Ostfront ab.

Else Weil bleibt in einem Berlin zurück, wo man anfangs an einen schnellen Sieg glaubt, doch schon bald sind Einschränkungen in Form eines Kuchenbackverbotes und die Einführung von Brotkarten tiefe Einschnitte ins Alltagsleben. Je länger der Krieg andauert, umso drastischer die Not in Berlin, der Winter 1916/17 wird als ›Kohlrübenwinter‹ in die Geschichte eingehen. Im Januar 1918 legt ein Massenstreik gegen die Weiterführung der Kämpfe eines inzwischen so gut wie verlorenen Krieges die Stadt lahm.

Ausgerechnet in den vier entbehrungsreichen und unberechenbaren Kriegsjahren nimmt die Berufskarriere der Ärztin Else Weil Fahrt auf. In den Hörsälen der Universität haben sich die Reihen bald gelichtet, die meisten Studenten sind an der Front. Man braucht sie mehr denn je in der Stadt, die weiblichen Arbeitskräfte. Else Weil legt im Oktober 1916 das Staatsexamen mit der Note ›gut‹ ab und ist damit eine der ersten Frauen Preußens, die einen Hochschulabschluss in Medizin vorweisen können. In der Kinderklinik der Charité versorgt sie unterernährte Jungen und Mädchen, betreut schwangere Frauen und Neugeborene, außerdem absolviert sie ihr praktisches Jahr an der Abteilung für Innere Medizin und Chirurgie des Städtischen Krankenhauses Charlottenburg-Westend. »Madame geht's gut«, schreibt Kurt Tucholsky an den *Simplicissimus*-Autor Hans Erich Blaich. »Sie macht Leute tot, schneidet sie auf und lernt im Ärztekasino eines Berliner Krankenhauses gutdeutsche Sitten und Gebräuche. Weil sie nie stramm steht (von Fingern an der Hosennaht ist keine Rede!), so sieht man sie mit gekrauster Nase an.«[34] Ende 1917 wird sie – wie vordem Alfred Döblin und Charlotte Reiss und möglicherweise durch deren Vermittlung – Assistentin im Krankenhaus am Urban, in der Hebammenlehranstalt, und erhält schließlich ihre Zulassung als Ärztin. Sie »ist maßlos stolz, approbiert und steht kurz vor der eigenen Wohnung und dem Doktor. Ob sie mir denn noch anguckt?«, fragt sich ein verunsicherter Tucholsky.[35] Immerhin 90 Frauen in ganz Deutschland sind es, die zu diesem Zeitpunkt eine Approbation vorweisen können, Else Weil gehört dazu. 1918 wechselt sie als Assistenzärztin in die Frauenklinik der Charité, vermutlich in den prächtigen Bau in der Artilleriestraße am Ufer der Spree. Gleichzeitig geht sie einer Tätigkeit in der renommierten Frauenklinik des Gynäkologen Benno Hallauer am Schiffbauerdamm nach, der ihr ein vortreffliches Zeugnis ausstellt.

Auch wenn man Haarnadeln hier immer noch mit der Lupe suchen muss, im Bereich Frauenheilkunde findet man zu jener Zeit die meisten weiblichen, medizinisch ausgebildeten Kräfte. Die Doktorarbeit, an der Else Weil schreibt, behandelt trotzdem kein gynäkologisches Thema, sondern ein neurologisches, die *Kasuistik des induzierten Irreseins*. Dieser etwas kryptisch anmutende Titel ließe sich übersetzen mit: Ansteckungsgefahr, die von der Psychose eines anderen ausgeht. Um Frauen geht es in der psychologisch-neurologischen Studie dennoch, denn Else Weil beschäftigt sich insbesondere mit ›übertragenen‹ Halluzinationen und Wahnvorstellungen, eine Materie, die durch Sigmund Freuds Lehre vom Unbewussten ein immer größeres Interesse unter Medizinern wie auch Literaten weckt. Schon 1895 waren Freuds Studien über Hysterie erschienen, in denen er vor allem Frauen als Patientinnen unter die Lupe nimmt. Else Weils Doktorvater Karl Bonhoeffer – der renommierte Neurologe ist der Vater des Theologen und späteren Widerstandskämpfers Dietrich Bonhoeffer – wird die Arbeit seiner Promovendin im Januar 1918 mit ›gut‹ bewerten.

Am 11. November 1918 wird endlich der Waffenstillstand unterzeichnet. Berlin ist voller Bettler, Krüppel und Kriegswitwen. Durch die langen Entbehrungen leiden die Patienten unter Mangelerscheinungen, wegen fehlender Hygiene in den dunklen und beengten Mietskasernen ist die Tuberkulose noch immer eine Geißel der Stadtbevölkerung, und nun wütet überdies auch die Spanische Grippe und fordert weltweit 25 Millionen Opfer. Qualifizierte Frauen werden mehr denn je gebraucht und lassen sich ihre neue berufliche Öffentlichkeit nicht mehr aus der Hand nehmen.

Am 3. Mai 1920 versammelt sich eine Hochzeitsgesellschaft im Standesamt Wilmersdorf. Trauzeugen von Else Weil und Kurt Tucholsky sind Elses Vater Siegmund Weil und Siegfried Jacobsohn, Kurts väterlicher Freund und Herausgeber der *Weltbühne*. Die anschließende Reise führt an Tucholskys geliebte Ostsee, ins vorpommersche Seebad Graal-Müritz, wo die jungen Eheleute in der Pension Buchenhof gleich hinter den Dünen wohnen – das heute darin untergebrachte Heimatmuseum erinnert an die berühmten Gäste aus Berlin. In einer Anzeige aus dem *Berliner Tageblatt* vom 9. Mai bedankt sich das Paar für Glückwünsche. Tucholsky zieht aus seiner Dachwohnung in der Nachodstraße in das vierstöckige Berliner Mietshaus in der Kaiserallee 79, wo Else ihre Wohnung und seit dem 1. Oktober 1920 auch eine eigene Praxis hat. Beide gehen weiterhin ihren Berufen nach, von Familiengründung keine Rede. Doch Else nutzt die Kontakte ihres Mannes. 1920 erscheinen in der *Weltbühne* zwei Artikel von ihr: In *Friedmanns Tuberkulose-Mittel* plädiert sie für die so neuartige wie umstrittene Tuberkulose-Impfung, in *Kassenärzte* übt sie scharfe Kritik an Ärzten, die Behandlungen unnötig ausdehnen, um Geld zu scheffeln – daran wiederum, so die schreibende Ärztin, seien die Krankenkassen ursächlich schuld, da sie die Leistungen der Ärzte nicht ausreichend vergüteten. »Die Kasse bezahlt den Arzt so schlecht, dass sie ihm eine gründliche Behandlung unmöglich macht, und dass er nicht imstande ist, sorgenlos, in Ruhe wissenschaftlich zum Wohle seiner Patienten weiterzuarbeiten.«[36] Die Autorin fordert Reformen wie die Reduzierung von Verwaltungskosten oder freie Arztwahl, bis heute aktuelle Fragen. Dass seit dem Krieg immer mehr Frauen in einer traditionellen Männerdomäne arbeiten, verändert nicht nur das öffentliche Leben, sondern auch die Perspektive auf Themen wie Abtreibung und Mutterschaft. Die meisten Ärztinnen entwickeln mehr Verständnis für das Recht auf Schwangerschaftsabbruch als ihre männlichen Kollegen, wenn sie es etwa mit Patientinnen zu tun haben, die in eine soziale Notlage geraten sind. Der Kampf für sexuelle Aufklärung und gegen den Gebärzwang hält auch in die Literatur Einzug, Autoren wie Vicki Baum oder Bertolt Brecht nehmen sich des Themas an, der Dramatiker Hans Rehfisch schreibt das sozialkritische Theaterstück *Der Frauenarzt*. Dass auch Kurt Tucholsky sich mit § 218 beschäftigt, liegt da auf der Hand. Proletarierfrauen sollten nicht zu ›Brutmaschinen‹ gemacht werden, und er lässt die ›Leibesfrucht‹ sprechen – so der Titel des Textes: »Gnade Gott, wenn meine Eltern mir etwas antun; dann sind sie alle da. Wer mich anrührt, wird bestraft; meine Mutter fliegt ins Gefängnis, mein Vater hintennach; der Arzt, der es getan hat, muss aufhören, Arzt zu sein; die Hebamme, die mir geholfen hat, wird eingesperrt – ich bin eine kostbare Sache. [...] Fünfzig Lebensjahre wird sich niemand um mich kümmern, niemand. Da muss ich mir selbst helfen. Neun Monate bringen sie sich um, wenn mich einer umbringen will. Sagt selbst: Ist das nicht eine merkwürdige Fürsorge –?«[37]

Die Ehejahre der Tucholskys sind indes kein Paarlauf, sondern zwei Alleingänge, kein Mit-, sondern ein Nebeneinander. Er publiziert, sie praktiziert. Er seziert die Gesellschaft mit der scharfen Klinge seiner Worte, sie operiert mit chirurgischem Besteck. Vergangenheit ist die Rheinsberger Harmonie, von der gemeinsamen Gaunersprache keine Spur. Dass seine Ehefrau eine erfolgreiche Ärztin ist, verursacht Kurt Tucholsky offenbar richtig Bauchschmerzen. »Die Frau war mir damals über – man hat das nicht gern, als Mann«, schreibt er später über Else Weil.[38] Was Tucholsky und sein angekränkeltes Selbstbewusstsein umtreibt, ist symptomatisch für die Situation nach dem Krieg im Allgemeinen. Während die Männer vier Jahre ihres Lebens in einem verlorenen Krieg vergeudet haben, konnten sich die Frauen im besten Sinne bewähren und sind durchaus gestärkt aus der Katastrophe hervorgegangen. Vor der Überlegenheit seiner eigenen Frau flüchtet er in die Arbeit – und in fremde Betten. Auch bei gemeinsamen Einladungen von Freunden aus der Theaterwelt tritt die Dame des Hauses nicht selten in den Hintergrund. Und ewig lockt die Unerreichbare. Die Diseuse Blandine Ebinger, Gattin von Friedrich Hollaender, der viele Tucholsky-Texte vertont hat, erinnert sich: »Damals wohnte Tucho am Friedrich-Wilhelm-Platz in Friedenau. Eine solche Einladung war etwas Besonderes, wir freuten uns beide darauf. Pimbusch war mir vertraut, für sie hatte er *Rheinsberg* geschrieben und es wohl auch mit ihr erlebt. Aber an diesem Abend sah er unentwegt verliebt zu Gussy Holl hinüber.«[39]

Als am 25. Oktober 1924 der Bund Deutscher Ärztinnen gegründet wird, für dessen Ziele sich auch die passionierte Medizinerin Else Weil einsetzt – Gesetze für die Sozialhygiene, finanzielle Absicherung der Ärztinnen im Alter, Reform des § 218 und Förderung des Frauensports –, ist ihre Ehe mit Kurt Tucholsky bereits Geschichte. »Als ich über zu viele Damen wegsteigen musste, um in mein Bett zu kommen, hab' ich mich scheiden lassen«, soll sie gesagt haben.

Vor allen Dingen eine Frau ist es, die als unsichtbare Dritte durch die Ehe der Tucholskys geistert. Als er Soldat in Kurland war – dem heutigen Lettland –, hat er dort eine junge Frau kennengelernt. Drei Jahre lang führt er ein emotionales Doppelleben, hier Ehealltag, da Verlangen nach einer Frau, die 1920 seinetwegen nach Berlin gekommen ist und nur ein paar Straßen entfernt von der Kaiserallee lebt. Während Else Weil im weißen Kittel Krankenhausflure durchmisst und sich in ihrer Praxis um Patienten kümmert, bricht Kurt Tucholsky mit dieser Anderen zu einer Reise auf und verbringt mit ihr im Februar 1923 fünf Tage am Schweriner See. Er kann nicht treu sein, das hat er in einem Gedicht, *Sehnsucht nach der Sehnsucht*, doch längst bekannt:

»So süß ist keine Liebesmelodie,
so frisch kein Bad,
so freundlich keine kleine Brust wie die,
die man nicht hat.«[40]

Ist Else Weil genauso ahnungslos wie Kitty Frankfurter zu Zeiten von Rheinsberg? Wie damals hat Tucholsky wieder eine Dreieckskonstellation geschaffen. Die Ehe zu dritt und die Kameradschaftsehe werden in jenen Jahren immerhin ernsthaft diskutiert. Raoul Hausmann schreibt an einem dicken Roman, *Hyle*, in dem er jene Dreiecksbeziehung schildert, die er mit seiner Frau Hedwig und seiner Geliebten Vera Broïdo lebt. Der berühmte Fotograf August Sander macht ein Bild des Trios, dem er den Titel *Die Künstlerehe* gibt. Doch das Sujet ist nicht nur in Bohèmekreisen und aus Protest gegen den Spießbürger en vogue. 1928 erscheint die wissenschaftlich tönende Abhandlung *Ehen zu dritt.*

Das Recht auf die Geliebte von Georges-Anquetil. Frauenüberschuss und Bedarf an Nachwuchs im Land wird darin als ausreichende Begründung für legitime Vielweiberei angeführt.

Elses Sache ist das nicht. Im Juni 1923 verlässt Tucholsky die gemeinsame Wohnung in der Kaiserallee und bezieht eine möblierte Unterkunft in der Charlottenburger Windscheidstraße 34. Dort lebt er auch noch, als die Scheidung am 14. Februar 1924 rechtskräftig wird. Das befreundete Ehepaar Jacobsohn bietet der vermutlich enttäuschten Else in der ersten Zeit nach der Trennung willkommenen Tapetenwechsel, und Tucholsky muss sich vorwurfsvolle Worte seines Chefs anhören: »Natürlich sind darüber Worte weder zu sprechen noch zu schreiben. Es wäre nur hübscher gewesen, das nicht en passant in einem fremden Hause zu erfahren. Im Übrigen werden wir Pimbusch auf ein paar Wochen zu uns einladen. Hoffentlich nimmt sie an.«[41]

Obwohl Kurt Tucholsky den Unterhaltszahlungen, zu denen er nach der Scheidung verdonnert ist, nicht nachkommt, scheint Else Weil ihm nicht lange gram zu sein. Vielleicht kann die Ärztin, die sich beruflich mit psychologischen Fragen beschäftigt, mit etwas Distanz sogar Verständnis für den Mann aufbringen, der zeitlebens unter seiner dominanten Mutter Doris gelitten hatte. Kurt Tucholsky war erst fünfzehn, ein Knabe in der Pubertät, als der Vater mit nur fünfzig Jahren an Syphilis starb, unter Qualen, weil seine Frau ihm das erlösende Morphium verweigerte. Noch in Tucholskys Testament wird stehen: »Meine Mutter weise ich auf ihren zwangsweise ausgehenden Pflichtteil hin, bitte sie jedoch, davon abzusehen.« Seine Schwester Ellen bestätigt das abschreckende Bild von einer herrischen, ihre eigenen Kinder als Last empfindenden Frau, von der sie sich eine böse Bemerkung gemerkt hat: »Ich könnte wie ein Gott in Frankreich leben, hätte ich die verfl... Bälger nicht.«[42]

»Jeder seins – das hat die klügste Frau gesagt, die ich kennengelernt habe. Ich war ein bisschen mit ihr verheiratet.«[43] Kurt Tucholsky plagt noch Jahre nach der Scheidung von Else Weil »[...] ein immenses Schuldbewusstsein. Nicht: weil ich weggegangen bin, sondern wie ich weggegangen bin. [...] ich habe mich damals falsch benommen. Ich war nicht alt und reif genug, um das mit Takt und Delikatesse zu machen – ich war plump, roh, dumm. Ich tat weh, obgleich ich wissen musste, weh zu tun – und ich tat unnötig weh. Das und nur das bedrückt mich, wenn ich diese Sache noch einmal in die Hand nehme.«[44] Aus Fehlern wird man klug. Aber nicht jeder kann aus seiner Haut. Tucholsky ist auf dem besten Weg in das nächste Ehe-Charivari.

Mary Gerold im Jahr 1916

Brieffreundin fürs Leben
Mary Gerold

Tucholsky ist wieder ein freier Mann, offen der Weg in ein Leben mit Mary. Doch wer ist die Frau, die Kurt Tucholskys Herz auf der Stelle erobern konnte, seit er sie am 11. November 1917 zum ersten Mal erblickt hat? Mary Gerold, geboren am 28. November 1898, ist eine Deutschbaltin aus dem ländlichen Ort Mordanga im Norden der russischen Provinz Kurland, ihre Mutter Erzieherin in gehobenen Kreisen, ihr Vater Prokurist. Nach dessen frühem Tod wächst Mary bei einer Ziehmutter auf, da die berufstätige Mutter sich nicht um die Kinder kümmern kann. Mary absolviert die Höhere Töchterschule, kann ein Examen als Elementarlehrerin vorweisen und arbeitet während des Krieges in der Kassenverwaltung der Fliegerschule für die deutsche Armee in Alt-Autz. Dort begegnet der Neunzehnjährigen ein junger Soldat, der sie fortan mit werbenden Briefen und neckischen Gedichten umgarnt. Zum Schreiben hat er genug Zeit, denn mit der Waffe kämpfen muss er nicht. Er betreut die Leihbücherei oder sitzt am Schreibtisch und konzipiert Artikel für die Soldatenzeitung *Der*

Flieger. Die patriotischen Parolen, mit denen er seine Texte anreichern muss, fließen ihm zwar nicht leicht aus der Feder, doch ist die Arbeit im Büro allemal angenehmer als der Einsatz im Schützengraben. Schaut er vom Blatt auf, fällt sein Blick auf ein Foto der verehrten Gussy Holl und auf Verse von Hermann Löns, die er an die Wand über seinem Schreibtisch gehängt hat:

»Am Tage auf der Straße siehst du
nicht nach mir hin:
Es braucht kein Mensch zu wissen,
dass ich dein Liebster bin.
Das Lieben vor allen Leuten macht
nicht so viel Freud,
als wenn man bricht die Rosen
in aller Heimlichkeit.«

In einer so knappen wie direkten Botschaft lässt er Mary wissen: »Ich möchte lernen, Sie zu lieben.«[45] Obwohl die junge Frau sich von Tucholskys Eloquenz und seinem Charme angezogen fühlt, zieht sie sich mit kokettem Gestus immer wieder von ihm zurück, denn sie fühlt sich auch bedrängt, das Tempo, das der junge Berliner vorlegt, ist ihr zu hoch. Zwei unterschiedliche Temperamente, ja, Welten, treffen aufeinander: hier der Großstädter mit werbender Wortgewalt und Berliner Schnauze, dort die kühle und reservierte Blonde aus der baltischen Provinz. Sie hüllt sich in sprödes Schweigen, er lässt nicht locker. Ihrem Tagebuch vertraut sie an, dass sie Tucholskys Art, mit Frauen umzugehen, nicht schätzt. »Mach keine Dummheiten, sei vernünftig, denk daran: zuletzt ist Leid der Lohn der Liebe.«[46] Mitnichten eine Einsicht, die man einem jungen und verliebten Mädchen ins Poesiealbum schreiben möchte.

Bis Tucholsky im April 1918 nach Rumänien versetzt wird, treiben alle beide ihr Spiel von Nähe und Distanz weiter. Mit jedem Kuss glaubt Mary sich zu verlieren; sie weicht nach jeder Annäherung, jeder Intimität wieder zurück, weil sie Hingabe offenbar mit Schwäche verwechselt. »Und er hatte einen solchen Hunger nach Zärtlichkeit, die ihm in seiner Kindheit nicht zuteil geworden war. Und ich glaubte mir etwas zu vergeben, wenn ich ihm zeigte, dass er für mich ›mein Leben‹ war!«[47] So Mary Gerolds Bekenntnis viele Jahre später. Erst als im April 1918 der Abschied naht, weil Tucholsky nach Rumänien versetzt wird, brechen die Dämme, ein Schritt, den er forciert hat, um der scheinbar aussichtslosen Werbung zu entkommen. Endlich lassen sie den Gefühlen freien Lauf, auf einem Spaziergang gestehen sie sich tränenreich ihre Liebe, von gemeinsamer Zukunft wird gar gesprochen. Über Tucholskys Verlobte Kitty Frankfurter kein Wort? Und kein Wort über Else, die Pimbusch, die während all dieser Zeit Briefe und in der größten Not im kriegsgebeutelten Berlin auch Lebensmittelpäckchen von ihm bekommt?

Der Krieg ist aus, am 9. November 1918 verkündet Philipp Scheidemann das Ende des Kaiserreichs und ruft vom Balkon des Reichstags die Republik aus. Im Dezember übernimmt Kurt Tucholsky die Redaktion der Satirebeilage des *Berliner Tageblatts*, *Ulk*, und schreibt weiter für Jacobsohns *Weltbühne*, wie die vom reinen Theaterblatt zum politischen Magazin verwandelte *Schaubühne* jetzt heißt. Im Januar 1919 werden Karl Liebknecht und Rosa Luxemburg ermordet. Die junge Republik erbebt unter Aufständen. Kurt Tucholsky ruft am 2. Oktober 1919 zusammen mit Carl von Ossietzky und anderen namhaften Berliner Publizisten den ›Friedensbund der Kriegsteilnehmer‹ ins Leben. Außerdem schreibt er Chansons für das Kabarett Schall und Rauch und seine Lieblingssängerinnen. Er brennt an beiden Enden. Und vor allem: Er schreibt viele lange Briefe an Mary. Entwirft darin ein gemeinsames Leben, beschaulich in einem Häuschen in einer Kleinstadt, fernab vom kriegsgeschundenen Berlin. Es gehört zu den Eigenheiten des Autors, der seine Artikel unter den Pseudonymen Ignaz Wrobel, Peter Panter, Theobald Tiger oder Kaspar Hauser schreibt, Mary lauter Spitznamen zu geben wie Decknamen oder Masken. Für ihn ist Mary seine Meli, Malzen, Dickerchen, sie wird zur ›Schaukelbadewanne meiner Gefühle‹ und begegnet sich in Kurts Liebesbriefen in der dritten Person, Mary wird zum ›Er‹ und Tucholsky ist ›sein Nungo‹. Der will, dass Mary ihm zunächst in die Hauptstadt folgt, denn als ›Soldatin‹ werde sie jetzt, da der Krieg aus ist, ja nicht mehr gebraucht. »Und ich wünsche Ihm doch mit aller Kraft, dass Er einmal zu mir kommen soll. Ich werde Ihn schon festhalten und nie mehr loslassen …«[48] Spitzzüngig erkundigt sich die Adressatin: »Wie haltet ihr denn eure Mädchen, eure Frauen? Im Glasschrank unter Verschluss oder mit einer Batterie Bewachung? Na, ich danke dann Gott, dass ich keine Deutsche bin.«[49]

»Hast du Geld, dann hast du nicht Käten; / hast du die Frau, dann fehln dir Moneten«, so wird Tucholsky dichten. In seine Lockrufe aus Berlin, die Mary in Lettland gelten, mischen sich jedoch immer wieder Bedenken materieller Natur: »Und es ist nichts mit anderen Frauen und gar nichts dergleichen – und es sind keine falschen Rücksichten – das ganze Problem dreht sich ausschließlich – aber da darf Er nicht lachen! – um das Wirtschaftliche. Bin ich kein Amoroso? Wenn Er jemals verheiratet ist, dann wird Er das verstehn. Ich will, dass es gut und ordentlich hergeht …«[50] Tucholsky sieht in Mary nicht die perfekte Hausfrau, man werde eine Haushälterin brauchen, die Zukunft erscheint ihm in fadem Licht, sollten die Finanzen nicht stimmen. Er konfrontiert die ferne Geliebte mit nüchternen Zahlen, laut Berliner Magistrat koste so ein Eheleben jährlich 8000 Mark, ob er die aufbringen könne, sei fraglich. Da spricht nicht der Romantiker, sondern der Realist, und doch lässt sich sein Räsonnement übersetzen in ein knappes: Komm nicht!

Die Erklärung für seine immer mitschwingende Abwehrhaltung gibt Tucholsky selbst: »(Ich bin ja von je ein bisschen in alle Einsamkeit verliebt.) Er auch –?«[51] Vor allem aber ist er in eins verliebt: in die Sehnsucht. »Begehren alleine entscheidet nicht. Es entscheidet aber, dass der Gedanke an eine Frau den Mann steigert. Die Dinge gehn besser in Gedanken an Dich. Es strafft den Willen, der Kopf ist höher gerichtet, und es geht alles viel rascher und schneller vonstatten.«[52] Nicht ganz zufällig wird Tucholsky von einem Freund gefragt: »Wer ist die Blonde? […] Ist das eine fiktive Person?«[53]

Als emsiger Briefschreiber steht Tucholsky einem anderen in nichts nach: Franz Kafka, dem er vor Jahren in Prag begegnet ist. Längst führt die Korrespondenz ein Eigenleben, die sich mit der Realität nur schwer verträgt. Als Mary sich endlich zum Kommen entschließt und am 6. Januar 1920 nach langer Reise in Berlin eintrifft, ist das der Anfang vom Ende ihrer Beziehung. Schon die erste Begegnung kann nicht darüber hinwegtäuschen, dass sich zwei Fremde gegenüberstehen. Nach ihrer Ankunft hält Mary eine kleine Ewigkeit Ausschau nach Kurt auf dem Bahnsteig, vergebens, der Geliebte ist nicht unter den Wartenden, deren suchender Blick sich in ein Lächeln verwandelt, sobald sie ein bekanntes Gesicht erblicken. Schließlich sucht sie eine Telefonzelle auf, wählt Uhland 0897 und lässt sich mit Kurt verbinden. Der meldet sich und weist sie an, sich eine Droschke zu nehmen. Als sich die Tür seiner Wohnung in der Nachodstraße 12 öffnet, steht ihr ein Fremder gegenüber. Es scheint, als hätten alle Briefe die Worte aufgesogen, jetzt bleibt Tucholsky stumm. Er lässt die Langersehnte einfach stehen und verschwindet in einem anderen Zimmer seiner Wohnung. Statt leidenschaftlicher Umarmung wieder nur geschriebene Worte. Ein paar Tage nach dem missglückten Wiedersehen schickt Tucholsky ihr ein Gedicht mit dem Titel *Zur Begrüßung*.

»Da ist die Stadt. Und da bin ich. Wir warten.
Tritt nur herein
in diesen großen, bunten Zaubergarten –
denn wir sind dein.
[...]
Du bist noch jung. Die Feuer sind entglommen.
Biss. Kampf. Und Ruh.
Doch einmal, einmal sollst du leise kommen
Vom Er zum Du. –«[54]

Vor allem ist da die Stadt. Der, der so lange rief, bleibt jetzt ganz fern. Kaum ist Mary in Berlin angekommen, fühlt sich das bisher durch Briefe in Schach gehaltene Verhältnis für ihn völlig falsch an. »Du gibst Dich nicht mehr so wie früher«, klagt Kurt und fragt, ob »dieser Komplex Berlin und ich Dir nicht zusagen, und dass es Dir alles zu klein ist –: dann sags. Nachher ists zu spät – und heute kann noch ohne Schaden repariert werden, was vielleicht allzu große Erwartungen ersehnte.« Mary scheint sich von Kurt bevormundet zu fühlen, zwei Jahre Trennung haben die beiden voneinander entfremdet. »Es ist irgendetwas zwischen uns, was vielleicht in der völligen Verschiedenheit zweier Naturen begründet liegt. Du bist da kalt, wo ich glühe – und Du bist da entflammt – soweit Du das sein kannst – wo ich eiskalt bin. Wohin soll das gehen? Es fängt bei den äußeren Dingen an und hört bei den erotischen auf.«[55] »Ich weiß nun sehr gut, dass Du Dich einleben musst – aber das ist es nicht. Es ist irgend etwas wie tot – wie erstorben. [...] Es ist, wie wenn wir aneinander vorbeilebten.«[56] »Ich habe Dich – oder was sonst? – zwei Jahre hindurch geliebt, wie man nur jemanden lieben kann – und was geht nun hier vor? Es ist, wie wenn eine Glaswand zwischen uns ist – und ich kann sie nicht brechen. Ich habe mich frei und offen mit Dir unterhalten, wenn ich abends im vorigen Winter an der Schreibmaschine saß – als Du gar nicht da warst – ich tue es mündlich zwar heute noch – aber ich weiß nicht, was es ist, das sich mir dabei auf die Brust legt. – Es ist irgend etwas nicht in Ordnung.«[57]

Offenbar ernüchtert durch seine eigene Bindungsunfähigkeit jenseits der Liebe in Briefform und die Ausweglosigkeit der Situation, stürzt sich Tucholsky kurz nach Marys Ankunft in Berlin und Hals über Kopf in eine andere Ehe als die, die er so wortreich beschwor, in die mit der alten Freundin Else Weil. »Als Er von mir weggegangen war, heiratete ich nach einigen Umwegen. Nicht die Frau, von der ich Ihm in Autz gesprochen hatte – sondern eine alte Freundin. Lass Er mich darüber schweigen –.«[58]

Mary Gerold ist nun eine der vielen jungen Frauen, die los und ledig in der Großstadt leben und ein Angestelltendasein führen. Nach kurzem Aufenthalt in der Pension Simon in der Joachimsthaler Straße findet sie in der Schmargendorfer Straße 5 ein Zimmer zur Untermiete beim Lagerverwalter Wilhelm Steinmüller, wie das Berliner Adressbuch von 1920 verzeichnet – nur fünf Gehminuten entfernt von dem Haus in der Kaiserallee, wo Kurt Tucholsky mit der Ehefrau lebt. Der Weg zur Arbeit führt Mary in die Redaktion der *Europäischen Staats- und Wirtschaftszeitung* Unter den Linden, wo sie nun als Sekretärin tätig ist. Die Begründer des 1916 erstmals erschienenen Blattes sind der bayerische Verkehrsminister Heinrich von Frauendorfer und der Sozialwissenschaftler und spätere bayerische Finanzminister Edgar Jaffé, der mit Else von Richthofen verheiratet war, jener Dame aus den Kreisen der Schwabinger Bohème, die als erste deutsche Soziologin und als Frauenrechtlerin in die Geschichte eingegangen ist. Mary macht sich bei der Zeitung sehr verdient und wird mit verantwortlichen Aufgaben im Büro der Geschäftsleitung betraut.

Immer wieder wird Mary von Tucholsky aufgefordert, sich doch zu melden, wenn sie etwas braucht, aber aus dem Keim großer Liebe will keine Freundschaft wachsen. Tief im Herzen weiß Tucholsky, dass er auch gar keine Freundschaft mit Mary will, denn er liebt sie noch immer. Als Werbender ist er am besten. Er schickt Blumensträuße an Marys Adresse, kann sie zu gelegentlichen Treffen überreden, gemeinsam besuchen sie Theatervorstellungen und das berühmte russische Cabaret Der blaue Vogel in der Schöneberger Goltzstraße. Als sie im Februar 1923 einen Ausflug nach Vorpommern unternehmen und im prächtigen Kurhotel Zippendorf am Schweriner See logieren, lodert das alte Feuer wieder auf. Berauscht von der Nähe, die in diesen Tagen wieder zwischen ihnen entstanden ist, schreibt der Ehemann Tucholsky an Mary: »So, wie ich noch nie eine Frau geliebt habe, Freundin, Kamerad, Frau, Mädchen und nah in der Nacht – so liebe ich Ihn. Er ist mir Alles. Will Er mir Alles sein –?«[59]

Am 30. August 1924, nur ein halbes Jahr nach der Scheidung von Else Weil, geben Kurt Tucholsky und Mary Gerold sich im Standesamt Friedenau das Jawort. 1924 ist für den Schriftsteller nicht nur privat, sondern auch beruflich ein wechselvolles Jahr. Seit April ist er als Korrespondent für die *Vossische Zeitung*, *Die Dame* und die *Weltbühne* in Paris unterwegs. Paris ist zu jener Zeit ein Dorado internationaler, avantgardistischer Kunst, Tucholsky berichtet über Theater- und Museumsbesuche, hört Yvette Guilbert singen, kann »ihre Wäsche sehn, die ganze Wäsche sehn – hallo! Geschrei! Champagner und Gesang!« und räumt mit dem Mythos auf, französische Frauen seien die wandelnde Erotik: »Jeder vernünftige Mann weiß, dass die Durchschnittsfranzösin eher etwas kalt, gutbürgerlich, erotisch wenig neugierig, dass sie *natürlich* ist.«[60] In heißen Worten schwärmt er Mary vom Eiffelturm, den Seine-Quais und dem Bois de Boulogne vor, von der Stadt der Liebe, die auf ihr Kommen wartet, und er imaginiert aus der Ferne und im kindlichen Dada-Tonfall ein Familienleben: »Und soll raus da aus dem Kodderkram und aus Berlin und von den Nutten und aus Deutschland und soll sein bei Nanga-Nanga als Obermalamala und soll wachsen und wehen lassen blonde Federn im französischen Wind und soll helle Augen bekommen und ein rundes Bäuchlein – (na! nicht gleich! erst von Essen!) – und dann will Nungo tun, was der Schiffer Wulckow im ›Biberpelz‹ tun will: ›Ick mechte jern ’ne kleine Geburt anmelden, Herr Amtsrichter‹ – Ich auch.«[61]

Mary kündigt ihre komfortable Stelle als Sekretärin, zwei Wochen nach der Hochzeit reist das Ehepaar nach Paris. Ahnt Mary, welch rastloses Leben sie erwartet? Tucholsky hat noch während ihrer Abwesenheit bereits eine Wohnung in einem typisch Hausmannschen Immeuble gefunden, in der von Linden gesäumten Avenue Mozart 89 im dörflich wirkenden Stadtteil Passy, ein vornehmes und doch beschauliches Viertel, das ihn besonders

Mary und Kurt Tucholsky

anheimelt. Kaum, dass Mary das große, glitzernde Paris mit seinen breiten Boulevards und grünen Parkanlagen halbwegs vertraut geworden ist, will ihr ruheloser Gatte schon wieder hinaus aus der steinernen Stadt. Im Juni 1925 zieht das Paar nach Le Vésinet, ein in einer Seineschleife gelegener Vorort nordwestlich von Paris. In einer Villa in der baumbestandenen Avenue des Pages 28 empfangen sie Gäste, die Schriftstellerkollegen Walter Mehring und Walter Hasenclever, die Maler George Grosz und Franz Masereel. Kurts und Marys gemeinsame Reise in die Pyrenäen im Spätsommer 1925 verläuft alles andere als harmonisch. »Malchen beese« oder »Malchen sehr beese« bedeuten die Notizen auf einer Landkarte, mit denen er die Stationen der Tour markiert. In Tucholskys 1927 erschienenem *Pyrenäenbuch* keine Spur von Mary. Gäbe es nicht das Beweisfoto, auf dem Mary etwas unglücklich auf dem Rücken eines Esels sitzt, von denen sich Touristen hier gern durchs Gebirge tragen lassen, könnte man bei der Lektüre glauben, da sei einer mutterseelenallein unterwegs gewesen. Falsch, Mary war die ganze Zeit dabei, in Pau, der Geburtsstadt von Henri IV, vor den berühmten Gemälden Toulouse-Lautrecs in Albi, unter den beseelten Pilgern in Lourdes, in den morbiden Kurorten Eaux-Bonnes und Eaux-Chaudes und am Cirque de Gavarnie, dem spektakulären Felsmassiv in den Pyrenäen. »Nie war ich unglücklicher, zerrissener, ungeklärter und mehr durcheinander, als damals, als ich das ›Pyrenäenbuch‹ schrieb. Das ist nun wirklich ›heruntergehauen‹, etwas, was manche Dummköpfe von ›Gripsholm‹ behaupten, weil sie nicht wissen, was Leichtigkeit ist, und dass man nicht unbedingt schwitzen muss, wenn man Literatur macht. Ich möchte das ›Pyrenäenbuch‹ nicht noch einmal in derselben Verfassung machen müssen – es war grauslich.«[62]

Die meisten Bewohner der Häuser in Le Vésinet halten sich Hunde als bellende Alarmanlagen. Weil den notorischen Hundehasser Tucholsky der tierische Lärm auf den umliegenden Grundstücken schier in den Wahnsinn treibt, werden im November 1926 erneut die Kisten gepackt. Mary hat nach intensiver Suche in der westlichen Pariser Banlieue eine Wohnung mit 15 Zimmern in einem alten Kardinalssitz in Fontainebleau gefunden. Hier ist es schön ruhig, genau wie Tucholsky es sich gewünscht hat – so ruhig, dass er es nicht erträgt. ›In stiller Nacht und monogamen Betten‹ packt ihn die Unruhe, und er sucht das geschäftige Treiben in Paris. Während er für seine Reportagen unterwegs ist und nach Besuchen in Theatern und Museen seine Schreibmaschine klappert, ist es Mary, die für ihn Botengänge erledigt, seine Manuskripte zur Post bringt und die Hausarbeit auf sich nimmt.

Der frühe und unerwartete Tod Siegfried Jacobsohns am 3. Dezember 1926 ist ein heftiger Schlag für Tucholsky. Er lässt in Frankreich alles stehen und liegen und kehrt zurück nach Berlin, um den Platz des väterlichen Freundes in der *Weltbühnen*-Redaktion einzunehmen. Nun sitzt Mary allein vor den Toren von Paris und darf wieder Briefe lesen. Der wohlfeile Rat ihres Mannes: Sie solle nie, nie eifersüchtig auf seine Arbeit sein. Doch Mary plagt die Eifersucht auf die Muse, die ihn küsst, oder nur auf die Furie, die ihn antreibt, seine Aufträge zu erledigen. Und noch etwas erfüllt sie mit Unbehagen, nämlich dass er weiterhin mit seiner geschiedenen Frau korrespondiert. »Ich sehe es ein, heute mehr als früher, dass er ihr auf ihre Briefe antworten muss. Aber ich bitte ihn, keine sentimentale Correspondenz daraus werden zu lassen. Wozu ist Er Schriftsteller, wenn Er nicht schmerzlos unter der Hand das ›Besetzt-Zeichen‹ geben kann.«[63] Ob sie ahnt, dass ihr Mann die langen Abwesenheiten nicht nur zum Schreiben nutzt? Im Doppelleben ist er ein Meister. »Nu schreib mal bald aus dem Schloss, und wie die Katzen und Kanarien pliehen und was Malzen tut und mit wem bedriegt, und dass es doch jammerschade.«[64] Der hier solche mit Misstrauen getränkten Liebeszeilen an seine Frau schreibt, spricht hauptsächlich von sich selbst. Er berichtet von Theaterbesuchen, von seiner provisorischen Unterkunft in der Duisburger Straße 16 in Wilmersdorf, von lästigen Organisationsaufgaben in der Redaktion der *Weltbühne*. »Sonst lebe ich still daher, ich sage das meiste ab.«[65] Im Übrigen besitze er weniger Talent zum Doppelleben als Mary ihm unterstelle, er sei immer allein und sehe keinen Menschen. Das ist glatt gelogen. Längst schlagen zwei Herzen in der Brust des Ehemannes, den eine neue Bekanntschaft in Atem hält, Lisa, und die bald eine größere Rolle in seinem Leben spielen wird. Untermalt von allgemeinem Gejammer und wiederholten Klagen über eine ihn lähmende Müdigkeit, bittet Tucholsky Mary trotzdem inständig, sie möge doch nach Berlin kommen und seinem Junggesellendasein ein Ende bereiten. Ruft da eine irrende Seele nach der Erlöserin, die dem Ehemann mit fester Stimme ansagt, wo sein Platz ist?

Und Mary kommt tatsächlich. Im Frühjahr 1927, die Umzugskisten sind kaum ausgepackt, löst sie den Hausstand in Fontainebleau schon wieder auf und reist zu Kurt nach Berlin, da sich die gemeinsame Zukunft nun doch in der deutschen Hauptstadt abzeichnet, denn die *Weltbühne*, deren Umzug vom Lietzensee in die Kantstraße er bewerkstelligt hat, braucht einen wie Tucholsky. Doch die fassungslose Mary trifft nach der langen Reise auf einen Mann, der schon wieder auf gepackten Koffern sitzt. Kaum ist die Entscheidung für Berlin gefallen, schimpft er auf die widerliche Stadt, die ihn depressiv mache, er müsse wieder fort. Tucholsky überlässt die kurzfristig übernommene Leitung der *Weltbühne* kurzerhand seinem Kollegen Carl von Ossietzky. Fast wie von Hunden gehetzt trommelt er zum Aufbruch, ein Abstecher nach Dänemark, und Mary findet sich mit ihrem Mann in Kopenhagen wieder. Eine gemeinsame Rückfahrt gibt es nicht: Ihn zieht es zum ungestörten Schreiben in die dänische Provinz, sie fährt, sicherlich resigniert, zu ihrer Mutter nach Riga. Mary macht sich keine Illusionen mehr darüber, mit ihrem Gatten irgendwo heimisch werden zu können. Ähnlich dem sagenhaften Ahasver irrt er weiter durch die Welt. Flugs erkennt sie in seiner inneren Verfassung den wahren Grund für die raschen Gesinnungswandel. Die äußeren Umstände sind nur vorgeschoben, und so versucht sie, ihn von einem abermaligen Ortswechsel abzubringen und zum Bleiben in Berlin zu überreden: »Er kämpft immer gegen Phantome [...]. Entweder Er ist ein freier Mensch, dann kann Er genau so frei da leben wie in Paris [...], ich glaube, Er redet sich zu 50 % künstlich in Schwierigkeiten und in Abneigung zu Stadt und Leuten, die vollkommen unnotwendig ist.«[66] Aus seinen Briefen an Mary spricht ewiges Schwanken: Berlin oder Paris? Sein oder Nichtsein? Es fehlt Tucholsky, frei nach Shakespeare, die kräftige Farbe der Entschließung. Doch so klar Mary die Situation auch analysiert, auch sie setzt am Ende keinen klaren Willen durch. Immer wieder fordert er sie auf, ihm deutlich mitzuteilen, was zu tun sei, aber er wartet vergeblich auf eine deutliche Ansage. Letztlich trifft Kurt wieder im Alleingang die Entscheidung: zurück nach Paris. Ist es Engelsgeduld oder blanke Verzweiflung, mit der Mary im Spätsommer 1927 erneut durch die Straßen von Paris läuft und Wohnungen in Augenschein nimmt, die dem manischen Ruhesucher endlich ein ständiger Wohnsitz, eine Heimatadresse sein könnten? Fündig wird sie an der Place de Wagram 1 im bürgerlichen 17. Arrondissement, doch glaubt sie nach all den kopflosen Aufbrüchen aus verschiedenen Wohnungen wirklich noch an ein gemeinsames Leben in einem behaglichen Nest? »Denn nichts lehrt so den Wert des andern erkennen als seine Abwesenheit«, hat sie diesen Satz im Gedächtnis behalten, den Kurt ihr noch im Kriege schrieb?[67] Nichts hat sich geändert, gar nichts, Tucholsky bleibt mehr denn je ein Abwesender in dieser Ehe. Mary ist seine Penelope, die am Fenster des vornehmen Eckhauses steht und traurige Blicke auf das Rondell der Place Wagram schickt oder verloren durch den nahen Parc Monceau geht, während er in der Welt herumreist, durchaus nicht allein. Ihre Pariser Einsamkeit hält Mary in einem Foto fest, ein Selbstporträt im Spiegel. »Mary Tucholsky hat wohl zutiefst nie verstanden, was da – mit ihr – geschah«, so Fritz J. Raddatz. »Ich darf das sagen, ich war im Auf und Ab eines Vierteljahrhunderts mit ihr befreundet. Sie war, das altmodische Wort passt, eine vornehme Frau. Die war gerade, Kurt Tucholsky war krumm. Das bot nicht viel Berührungsfläche. Seine kleinen Wendrinereien waren ihr ohnehin fremd. Aber ebenso gewiss diese innere Disposition, stets das haben zu wollen, was fern ist – und zu verachten, was da ist; einschließlich seiner selbst.«[68]

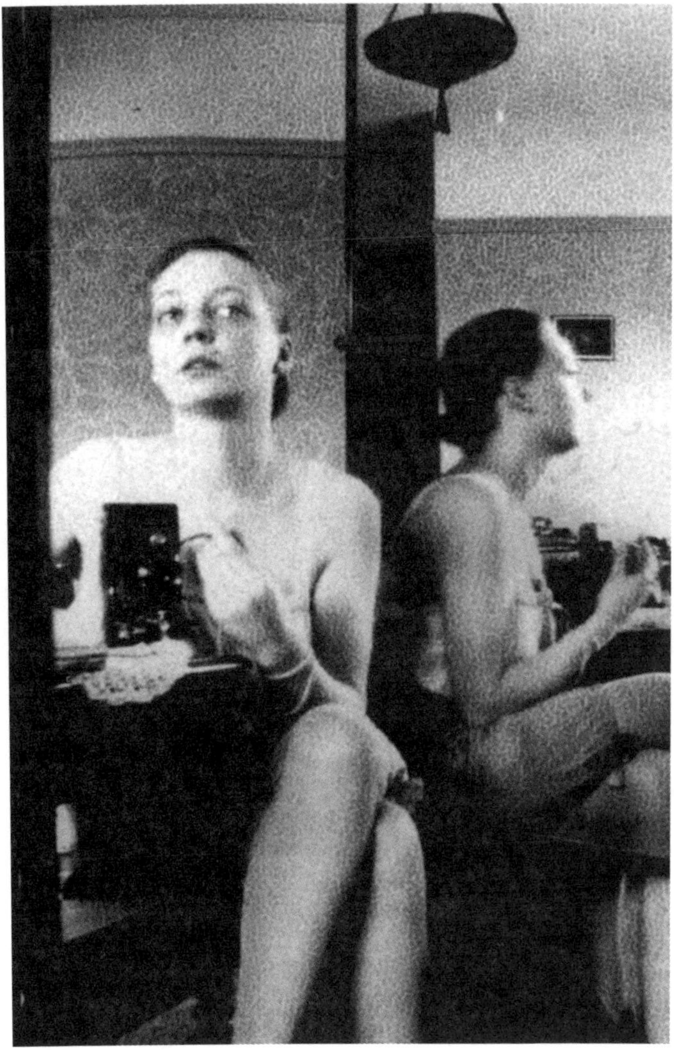

Selbstporträt Mary Tucholskys in Paris, 1925

Im November 1928 zieht Mary nach diesem langen, so nervtötenden wie herzzerreißenden Hin und Her endlich die Reißleine. Sie ahnt, dass sie Kurt nicht helfen kann, sie kann ihn nicht erlösen, ihm weder die tröstende Mutter ersetzen noch die treue Frau und hingegebene Geliebte sein, die er immer da sucht, wo sie nicht ist. Ein allerletztes Mal schließt sie die Tür der so gut wie nie gemeinsam genutzten Wohnung an der Place de Wagram hinter sich, fährt zur Gare du Nord und nimmt den Zug nach Berlin. »Lieber Nungo«, schreibt sie in ihrem Abschiedsbrief, »immer wieder setzt sich einer seit elf Jahren in den Zug und fährt fort, und immer wieder blutet es von Neuem. Ist sein Beuteltier, ist der Pygmalion, hat erzeugt und reißt sich jetzt los mit ungesäumten Ohren, geht fort auf zitternden Beinen und hat Angst vor dem Leben und vor den fremden Menschen und vor dem Alleinsein. Aber es war zu groß u. zu schön als es anfing, um es hässlich werden zu lassen. Kommt, wenn braucht und ruft – ist der rote Faden. Seine Meli.«[69] Von Kurt Tucholsky kommt daraufhin, unglaublich, nur ein lapidares »On verra« per Telegramm.[70] Am nächsten Tag ist Marys 30. Geburtstag. Den hat sie sich gewiss anders vorgestellt.

Abermals ist Mary jetzt eine unter vielen berufstätigen Frauen, die allein in Berlin leben. Kurt versichert ihr, er werde sie finanziell nicht hängen lassen, doch kann sie sehr gut für sich selbst sorgen, das ist sie gewöhnt. Seit Februar 1929 arbeitet sie als Prokuristin der ›Berliner Steindruckerei und Lithographischen Anstalt und Luxuskartenfabrik‹ von Paul Pittius in Kreuzberg, in der Köpenicker Straße 110. Ihre neue Wohnung hat sie Tucholskys Beziehungen zum Schutzverband deutscher Schriftsteller zu verdanken. In der Künstlerkolonie in der Laubenheimer Straße gehören Walter Hasenclever, Ernst Bloch, Manès Sperber, Ernst Busch und Dinah Nelken zu ihren Nachbarn. Die erst 1927 fertiggestellten Genossenschaftsbauten waren als Sozialwohnungen für bedürftige Künstler und Schriftsteller geplant, weshalb die Berliner ihnen umgehend den Spitznamen ›Hungerburg‹ verpassten.

Für die Nazis, die ihre Hassparolen immer lauter durch die Straßen grölen, ist die Künstlerkolonie in Friedenau eine Hochburg des Pazifismus', des Kommunismus' und des verhassten Judentums. Kaum nachdem sie die Macht im Staate an sich gerissen haben, findet in den Häusern eine Razzia statt, die vor der Tür von Marys Wohnung nicht haltmacht. Tucholsky ist äußerst besorgt: »Er heißt doch nun so wie ich. Wenn sie Ihm nun deshalb an den Kanthaken gehen? Wenn Er das für nötig und richtig hält, bin ich gern bereit, Ihm einen Brief zu schreiben mit falschem Datum, wo drin steht, wir hätten uns wegen der Politik getrennt, ich sei links und Er sei rechts. Na, nu lacht Er. Ich lach ja auch. Aber schließlich: Er wohnt da allein, trägt diesen Namen, es ist in Deutschland bei Gott kein Ding unmöglich.«[71] Zu ihrem Schutz und um Mary vom Stigma des Namens Tucholsky – exponierter Publizist, Pazifist und Jude – zu befreien, schlägt er ihr die Scheidung vor, das offizielle Ende »der Ehe, die keine ist.«[72] Kurt und Mary Tucholsky werden am 21. August 1933 rechtskräftig geschieden.

»Es gibt keine Schuld. Es gibt nur
den Ablauf der Zeit.
Solche Straßen schneiden sich in der Unendlichkeit.
Jedes trägt den andern mit sich herum –
Etwas bleibt immer zurück.«[73]

Kolleginnen im Zeitungsviertel Gabriele Tergit, Irmgard Keun und Vicki Baum

So schwindelig einen das wankelmütige Privatleben Kurt Tucholskys auch machen kann, als Publizist ist er unbestechlich. Längst gilt er als eine der brillantesten Federn der Weimarer Republik, kein Wunder, dass er als Redakteur und Autor für die *Weltbühne* unverzichtbar geworden ist und man ihn nach Jacobsohns Tod gleich wieder aus Paris nach Berlin gerufen hat. Seine Artikel erscheinen sowohl im Zeitungsimperium von Ullstein als auch im Verlag von Rudolf Mosse, hier im *Uhu*, der *Berliner Illustrirten* und der *Dame*, dort in der *Vossischen Zeitung*, im *Berliner Tageblatt* und in dessen Satirebeilage *Ulk*, die er von Dezember 1918 bis April 1920 als Chefredakteur geleitet hat. Für den beliebten *Simplicissimus* verfasst er ebenso Artikel wie für das Organ der Sozialistischen Partei, den *Vorwärts*. Bereits als Siebzehnjähriger hatte er im *Ulk* Artikel veröffentlicht, die am Bild des wilhelminischen Kaiserreiches kratzten. Als gewitzter Feuilletonist wirft er stets einen scharfen Blick auf seine Zeitgenossen. Die sind häufig weiblich, »halb keusche Jungfrau noch und halb Madame«,

»Frauen mit den Scheitelhaaren, gepunztes Silber auf dem falschen Busen, teils im Reformkleid, teils in Eigenblusen« oder einfach die »Berliner Venus«, denn seine Zeitgenossinnen interessieren nicht nur den Privatmann Tucholsky, der weiß: »Es gibt keinen Erfolg ohne Frauen.« So chaotisch das Liebesleben des zweifachen Ehemannes und vielfachen Liebhabers auch anmutet, so scharfsichtig und treffsicher ist der Schriftsteller Tucholsky, der von seinen Kritikern hin und wieder zum ›Frauenversteher‹ ernannt wird. Zielscheibe seiner liebevoll-ironischen Verse und Feuilletons ist vor allem jener neue Typ Frau, der ihm in den Zwanzigerjahren auf Schritt und Tritt auf Berlins Straßen begegnet.

»Oh Frau!
Lerne du das Flugzeug steuern,
lerne Vollmatrosen heuern,
lenke nur ein Viergespann
wie ein Mann.

Männer werden immer kleiner,
unerreichbar ist nichts mehr –:
Liebe Frau! Es fliegt dir einer
immer hinterher.

Rechne du Gehaltstabellen,
dirigiere du Kapellen,
weil die Frau ja alles kann
wie ein Mann.

Tu das alles. Doch ein Kleiner
folgt dir über Land und Meer.
Und es fliegt dir immer einer
immer hinterher.

Krieche in die Bergwerksstollen,
flieh die heißen Liebestollen;
du bleibst noch im Himmelsblau
eine Frau.

Noch das stärkste Frauenzimmer
hats in dieser Sache schwer …
Denn es folgt ihr immer, immer,
immer, immer, immer, immer
einer hinterher.«[74]

Tucholsky macht sich ein wenig lustig über das hübsche Schreibmaschinenfräulein, das mit einer Kollegin über eine weitere Kollegin tratscht und während der Arbeitszeit heimlich Romane liest. »Die Sekretärin hat neben der Schreibmaschine eine reizende kleine Kaffeetasse, einen Nagelpolierer und ein unpassendes Buch. Sie kommt sich total unentbehrlich vor.«[75] In gewohnt bissigem Ton übt er harsche Kritik an den herrschenden Verhältnissen. Ein gesellschaftlicher Fortschritt hat nämlich nur scheinbar stattgefunden, denn die emanzipierten Frauen kündigen ihre Stelle sowieso, sobald ihnen ein Mann über den Weg läuft. Die Rollen sind die alten geblieben, denn die Frauen richten sich, wenn es darauf ankommt, nach dem Fahrplan des Mannes – das weiß er aus eigener Erfahrung mit Mary.

Die Autorin Gabriele Tergit steht Kurt Tucholsky, was die ironische Sicht auf die ›Neue Frau‹ und das Gespür für politische Tendenzen betrifft, in nichts nach. In den Zwanzigerjahren sind beide bei Rudolf Mosses *Berliner Tageblatt* Kollegen. Dort wird an Stehpulten gearbeitet, die Redaktionen hatten Clubcharakter, »und der blaue Dunst waberte über den rauchenden Köpfen.«[76] An solch einem Pult in der Redaktion des *Berliner Tageblatts* steht seit 1924 die junge Journalistin Gabriele Tergit und schreibt besonders über Frauenthemen. 1927 äußert sie sich in dem Artikel *Die Einspännerin* über die (Un)vereinbarkeit von Privat- und Berufsleben und über die rein äußerliche Seite der Frauenemanzipation. In ihrem Artikel lässt sie eine junge Ärztin zu Wort kommen: »Ach, Unsinn, man überschätzt das alles heutzutage. Als wir auf die Universität kamen, war das eine große Seligkeit, und wir hatten Ehrgeiz und wollten was leisten und hatten unsern großen Stolz. Und was ist kaum fünfzehn Jahre später? Das Girl ist gekommen. Wir wollten einen neuen Frauentyp schaffen. Wissen Sie noch, wie wir gebrannt haben vor Seligkeit, dass wir an alles herankonnten, diese ganze große Männerwelt voll Mathematik und Chemie und herrlichen historischen Offenbarungen in uns aufzunehmen. Und jetzt ist das Resultat,

Die Journalistin und Schriftstellerin Gabriele Tergit in den Zwanzigerjahren

dass die kleinen Mädchen von sechzehn in meiner Sprechstunde sitzen, und ich schon froh bin, wenn sie nicht krank sind, und der Kopf ist nur noch zur Frisur da. Ich finde, die Akademikerinnen sind arg ins Hintertreffen gekommen. Sie wollen einen freien Kopf für die Arbeit haben und für die Herzecke haben Sie sich ein Ideal gemacht, auf das Sie Ihre Wünsche konzentrieren.«[77] Aller Wahrscheinlichkeit nach ist die Ärztin, die da aus ihrer Praxis plaudert, Gabriele Tergits Freundin Else Weil.

Tergit hatte persönlich einige Hürden zu überwinden, bevor sie Karriere als Journalistin und Schriftstellerin machen konnte. »Ein junges Mädchen aus guter Familie hatte nicht in Zeitungen zu schreiben. Ich begegnete allgemeiner Verachtung.«[78] Der analytische Verstand wurde den Frauen nicht nur im Bereich der Medizin abgesprochen, sondern auch in dem des Journalismus. Doch am Ende kann Tergit sich gegen den Willen ihrer Eltern durchsetzen. Nach dem Besuch der 1910 von Alice Salomon mitbegründeten Sozialen Frauenschule in Schöneberg legt sie das Abitur ab, beginnt 1919 mit dem Studium der Geschichte, Philosophie und Soziologie. Wie Kurt Tucholsky, Erich Kästner oder ihre österreichische Kollegin Gina Kaus veröffentlicht sie für den Ullstein-Verlag Artikel in der *Vossischen Zeitung*. Seit 1924 schreibt sie auch exklusiv Gerichtsreportagen für das *Berliner Tageblatt*, für neun Texte monatlich erhält sie 500 Mark. Sie wohnt Prozessen im Kriminalgericht in der Moabiter Turmstraße bei und erlebt dort, wie Alfred Döblin seine künstlerische Freiheit erfolgreich gegen einen Zahnarzt verteidigt, der sich in einem Roman denunziert sieht. Sie schreibt über die ›moderne Gretchentragödie‹, die so viele junge Frauen wegen des Abtreibungsverbots erdulden müssen, und immer öfter auch über braune Schläger und spießbürgerliche Denunzianten, mit denen die Gerichte sich beschäftigen. Sie sitzt Hitler höchstpersönlich gegenüber, als der wegen eines Pressevergehens angeklagt ist. Wie Tucholsky begreift Tergit den Nationalsozialismus als ernste Bedrohung der jungen Demokratie und ahndet die laxen Urteile gegen die braunen Horden der SA, die sich als zweite Macht im Staate aufspielen. Zwischen 1929 und 1933 schreibt sie ihre Moabiter Gerichtsreportagen auch für die *Weltbühne*. Dafür wählt sie das Pseudonym Christian Thomasius; der Frühaufklärer aus Leipzig hatte sich zu Lebzeiten unter anderem dadurch verdient gemacht, dass er den Hexenwahn bekämpfte. In ihren 1931 erschienenen Großstadtroman *Käsebier erobert den Kurfürstendamm* fließen Tergits Eindrücke und Erfahrungen aus dem Gerichtssaal kolportageartig ein; in 40 höchst unterhaltsamen Kapiteln erschafft sie ein Sittenbild der Berliner Gegenwart, erzählt von korrupter Presse, der Schnelllebigkeit der Unterhaltungsindustrie, skrupellosen Immobilienspekulanten, den Lebenslügen der so emanzipierten wie einsamen Frauen und auch äußerst hellsichtig vom aufziehenden Faschismus – der sie ins Londoner Exil zwingt und der steilen Karriere der begabten Autorin ein Ende setzt. Erst in den Siebzigerjahren wurde sie wiederentdeckt und ihr *Käsebier* erneut aufgelegt.

Kurt Tucholsky setzt sich auch als Kritiker mit dem neuen weiblichen Blickwinkel auseinander und rezensiert in der *Weltbühne* den 1930 erschienenen Roman *Schicksale hinter Schreibmaschinen* der dreißigjährigen Schriftstellerin Christa Anita Brück: »Die Frau Brück hat der liebe Gott leider nicht gesegnet. Diese Angestelltengeschichte ist ein Schmarrn. Aber es ist gut, die Nase in so etwas hineinzustecken – man lernt viel. Nicht, was die Verfasserin uns lehren will; das ist dummes Zeug. Ihre Heldin ist edel, hilfreich und gut ... drum herum gibt es viele Neider und Feinde ... das muss ich schon mal irgendwo gehört haben. Und im Übrigen: die dumme Liebe! Es sind und bleiben Einzelschicksale; ein Kollektivschicksal wird nicht dadurch gestaltet, dass man von Zeit zu Zeit durchblicken lässt, so ergehe es andern auch [...]. Also: Fräulein Gretchen Piefke als feine Dame, mit 185 Mark monatlich. Aber feine Dame. Unbrauchbar, das Buch. Ein Hilfsmittelchen, die Seele der Angestellten zu erkennen. Es gibt auch andre, ich weiß. Immerhin, und das haben wir bei Kracauer gelernt und nicht bei den geschäftigen Gewerkschaftsbonzen, die dem Angestellten schmeichelnd etwas vorlügen, wenn sie ihm keinen bessern Tarif herausschinden können, weil der Angestellte nicht kämpft –: immerhin ist dieses Bewusstsein ein reales Faktum, das heute noch stärker ist als die Klassenlage. Es wird schon ein strenger Marxist kommen und uns erzählen, dass das im Marxismus vorgesehen sei. Darauf kommt es nicht an. Es kommt vielmehr darauf an, die Angestellten zu wecken und ihnen nicht nur Versprechungen zu geben. Wenn sie sich nichts vom Marxismus, wenig vom Sozialismus und alles von einer evolutionären Reform versprechen –: an wem liegt das?«[79]

Tucholskys Verriss verhindert nicht, dass *Schicksale hinter Schreibmaschinen* ein Erfolg wird, Siegfried Kracauer lobt den Roman in der *Frankfurter Zeitung*, und er wird in mehrere Sprachen übersetzt. Brück weiß schließlich, wovon sie spricht, denn sie hat eine kaufmännische Ausbildung und langjährige Erfahrung als Sekretärin. Ihr 1931 erschienener Roman *Ein Mädchen mit Prokura*, der das Schicksal weiblicher Bankangestellter während der weltweiten Wirtschaftskrise thematisiert, kommt 1934 sogar in die Kinos.

Gnädiger geht Tucholsky mit Irmgard Keun um. »Eine schreibende Frau mit Humor, sieh mal an!« Auch Irmgard Keun, 1905 in Charlottenburg geboren, hat eine Ausbildung genossen, nach dem Abschluss des Gymnasiums eine Handelsschule und die Berlitz-School besucht. Sie hat als Stenotypistin gearbeitet, sich weniger erfolgreich als

Die Schriftstellerin Irmgard Keun

Schauspielerin versucht und ihre Erfahrungen im Berufsleben schließlich aufzuschreiben begonnen. 1931 erscheint ihr Erstling und Sensationserfolg, *Gilgi, eine von uns*. Die Protagonistin arbeitet, dreimal darf man raten, als Stenotypistin und lernt Fremdsprachen an der Berlitz-School. Für den Nebenverdienst tippt sie Erinnerungen eines Weltkriegsveteranen ab. Dabei ist sie ständig von Arbeitslosigkeit bedroht, das ist die sozialkritische Seite des so unterhaltsam geschriebenen Romans, welcher in Fortsetzungen im *Vorwärts* abgedruckt wird. Die Reaktionen sind durchaus zwiespältig. Es gibt Protest seitens weiblicher Angestellter, die sich mitnichten in Gilgi wiedererkennen und in dem Buch einen Angriff auf ihre Berufsehre sehen. In seiner Rezension in der *Weltbühne* findet Tucholsky: »Am besten alle Szenen, in denen ein Mann vor einer Frau, die dieses aber gar nicht gern hat, balzt. Das ist beste Kleinmädchen-Ironie. ›Plötzlich überkommt ihn das Bedürfnis, sich unglücklich zu fühlen. Seine Ehe ist ganz und gar nicht gut, sein Leben ist verpfuscht, man ist ein alter Trottel, festgefahren in einem Krämerberuf. Er arbeitet mit Bitterkeit, Selbstironie und leichtem Pathos.‹ [...] Wenn Frauen über die Liebe schreiben, geht das fast immer schief: sauer oder süßlich. Diese hier findet in der ersten Hälfte des Buches den guten Ton.« Die zweite Hälfte des Buches verursacht dem Kritiker jedoch Unbehagen: Da fände sie »weder den richtigen Ton noch die guten Gefühle. Da langts nicht.

Schwangerschaft, Komplikation … es langt nicht. Dazu kommt eine fatale Diktion: was reden die Leute nur alle so, wie wenn sie grade Freud gefrühstückt hätten! Es ist der Frau Keun sicherlich nicht bewusst, was sie da treibt, und eben das ist das Schlimme, dass ihr diese ›Komplexe‹ so selbstverständlich erscheinen. So spricht man eben? Nein, so spricht man eben nicht – es ist schauerlich. Flecken im Sönnchen, halten zu Gnaden. Hier ist ein Talent. Wenn die noch arbeitet, reist, eine große Liebe hinter sich und eine mittlere bei sich hat –: aus dieser Frau kann einmal etwas werden.«[80]

Als im Frühjahr 1932 Irmgard Keuns Roman *Das kunstseidene Mädchen* der nächste Verkaufsschlager wird, mit einer traumhaften Startauflage von 50.000 Exemplaren, erhebt Tucholsky prompt einen Plagiatsvorwurf gegen die Autorin. Er unterstellt ihr, bei Robert Neumann abgekupfert zu haben, aus seinem kürzlich erschienenen Roman *Karriere*. Der äußerst produktive, heute fast vergessene Schriftsteller hatte wie Keun das Schicksal einer jungen Frau und ihrer neu gewonnenen Freiheiten mit allen Schattenseiten geschildert. »*Warum* in aller Welt haben Sie das gemacht? *Sie haben* doch dergleichen gar nicht nötig! Sie sind eine hochbegabte Schriftstellerin – ich habe gegen manches Einwände, aber Sie können bereits etwas, und, was mehr wert ist: Sie sind jemand. Und nun das da –!«[81] Ist Tucholsky hier nicht zu streng? Das Thema ›berufstätige Frau‹ ist schließlich von höchster

Aktualität und beschäftigt viele Autoren am Puls der Zeit. Die moderne Großstädterin, als Kontoristin, Stenotypistin, Sekretärin ein Massenphänomen, ist die Heldin der Stunde und eines ganz neuen Genres, dem Roman über die Lebenswelt berufstätiger Frauen. 1930 ist bereits der Roman *Das Mädchen an der Orga privat* von Rudolf Braune erschienen, 1931 war der Film *Die Privatsekretärin* ein Publikumserfolg, vor allem bei Frauen, die sich mit der Hauptrolle bestens identifizieren können. Keun hält sich aus dem Zank um ihr Buch heraus: Sie schweigt zu Tucholskys Plagiatsvorwurf und lässt Gras über die Sache wachsen. *Das kunstseidene Mädchen* zählt – anders als Robert Neumanns *Karriere* – heute zu den Romanklassikern der Weimarer Republik. Wie Gabriele Tergit wurde auch Irmgard Keun als Autorin, die den Frauen ihrer Zeit eine Stimme gab, wiederentdeckt.

Auch Vicki Baums Roman *stud. chem. Helene Willfüer* stößt bei seinem Erscheinen 1928 nicht nur auf Gegenliebe beim weiblichen Lesepublikum. Eine Studentin protestiert in einem offenen Brief gegen die Darstellung der Protagonistin, die während des Studiums Zeit für sexuelle Abenteuer findet. Baum erzählt die Geschichte der zielstrebigen Chemiestudentin Helene, die ungewollt schwanger wird und dadurch in arge Bedrängnis gerät. Das Thema war ein heißes Eisen, das zunächst kein Verleger anfassen wollte, und eine Weile wurde die

Die Schriftstellerin Vicki Baum

Veröffentlichung auf die lange Bank geschoben, unter dem Vorwand, Baum schreibe zu pornografisch. Nicht zuletzt wegen dieses brandaktuellen und heißumstrittenen Inhalts machte *stud. chem. Helene Willfüer* die dreißigjährige Autorin einem breiten Lesepublikum in kurzer Zeit bekannt.

Ist Vicki Baum, geborene Wienerin und Erfolgreichste unter den neuen Romanautorinnen, die über sich selber lakonisch sagte, sie sei als ehemalige Harfenistin eine erstklassige Schriftstellerin zweiter Güte, Tucholsky persönlich begegnet? Mit Sicherheit, schließlich arbeitete sie mit ihm, dessen schnoddriger Stil ihr nicht missfiel, eine Zeit lang unter dem Dach des Ullstein-Verlags, vielleicht lief man sich auch im Haus gegenüber, im Café Jaedicke über den Weg, dem beliebten Treffpunkt der Zeitungsleute. An ihrem ersten Arbeitstag 1926 wird Vicki Baum jedenfalls von Tucholskys Freund Kurt Szafranski in Empfang genommen, der inzwischen Chefredakteur der *Berliner Illustrierten* ist. Zusammen mit Tucholsky hatte er am Kurfürstendamm eine wegen ihres Mottos ›Wer Bücher kauft, kriegt auch Likör‹ äußerst erfolgreiche Bücherbar aufgemacht. »Hinter der Scheibe saß ein hübsches junges Mädchen bei einer Batterie von Flaschen. Nach wenigen Wochen schloss die Bücherbar, sie war restlos ausverkauft.«[82] So wurde Ullstein auf Szafranski aufmerksam und engagierte ihn für das mondäne Frauenmagazin *Die Dame* und den *Uhu*. Nun lässt er die vor ihrem Dienstantritt leicht nervöse Vicki Baum ein wenig schmoren, sie vertreibt sich die Zeit damit, in einschlägigen Frauenzeitschriften herumzublättern, die in der Redaktion herumliegen – *Die Dame*, *Das Blatt der Hausfrau*. Als Szafranski endlich erscheint, weist er ihr umstandslos einen Büroplatz zu. »Ich setzte mich an den verschrammten Schreibtisch und schaute aus dem Fenster. Es ging zur Charlottenstraße hinaus; auf der gegenüberliegenden Seite standen graue alte Mietshäuser. Nach einer Weile fiel mir eine hektische Fensterputzerei drüben in den unteren Etagen auf. An jedem Fenster rieben ein oder zwei Mädchen, alle hübsch, die meisten im Unterkleid oder in weit offenem Morgenrock, mit Kreisbewegungen heftig auf den Scheiben herum. Als ich mein Fenster öffnete, um ihnen zuzusehen, lächelten und winkten sie mir zu, und ich lächelte und winkte zurück, angenehm berührt von dem raschen freundschaftlichen Kontakt mit den Nachbarn.«[83] Erst nach einiger Zeit als Redakteurin wird ihr klar, dass es sich bei den netten Damen um Prostituierte handelt. In ihrem »kleinen, kargen Raum mit weißen Wänden«, für den sie sich einen Türvorhang erbittet, weil sie in den stets geöffneten, von beständigem Schreibmaschinengeklapper erfüllten Räumen nicht arbeiten möchte, verfasst Vicki Baum als Redakteurin Artikel für die *Berliner Illustrierte*. Für *Die Dame* erschafft sie die Kunstfigur Ypsi, eine junge Frau von 1927, die auf Teufel komm raus modern sein will: Sie zwängt sich in angesagte Etuikleider, lässt sich das lange Haar zum Bubikopf stutzen, rackert sich unter sengender Sonne auf dem Tennis-Court ab und stirbt beinahe an einer Nikotinvergiftung, denn qualmende Zigaretten zwischen roten Lippen sind ein Zeichen der Emanzipation. »Man müsste sie bewundern, was alles sie auf sich nimmt. Ehebruch, Kokain, Operationen, unbequeme Stühle aus Aluminium in ihrer getauteten Wohnung.«[84]

Mokant wie Kurt Tucholsky, süffisant wie Gabriele Tergit, weiß auch Vicki Baum den angesagten neuen Frauentypus zu bedienen und sich dem Zeitgeist gehorchend marktwirksam in Szene zu setzen. Für den Fotografen posiert sie mit kurz geschnittenem, blondiertem Haar, mit Boxhandschuhen und Punching-Ball. Eine boxende Mitarbeiterin kommt der Publicity des Verlages sehr zupass, denn Ullstein wirbt seinerzeit »mit dem sportlichen Charakter des Hauses und seinem opulenten Turnsaal mit Höhensonne, Boxmatten, schwedischen Leitern und eleganten Bädern.«[85] In den Ateliers der berühmten Fotografinnen Lotte Jacobi und Yva entstehen wiederum Porträtaufnahmen, die die erfolgreiche Ullstein-Autorin von einer glamourösen Seite zeigen.

Als Vicki Baums Roman *Menschen im Hotel* 1929 erscheint, wird er umgehend zum Bestseller und macht die beliebte Autorin auch international berühmt. Am 16. Januar 1930 folgt die Premiere der Bühnenfassung im Theater am Nollendorfplatz unter der Regie von Max Reinhardt. Das Buch, für das Vicki Baum zu Recherchezwecken in einem Berliner Hotel als Zimmermädchen angeheuert haben soll, wird 1931 sogar in Hollywood verfilmt, unter dem Titel *Grand Hotel* und mit Greta Garbo in der Hauptrolle. Dieser Erfolg half der Autorin, und damit ist sie eine glückliche Ausnahme, auch in den Jahren des Exils nicht in Vergessenheit zu geraten.

»Die Meyer erzählt, ihre Nichte lasse sich von ihr stundenlang Geschichten erzählen, zweieinhalb Jahre, und wenn eine fertig ist, muss sie immer eine neue anfangen. Und dann sagt die Kleine immer: ›En till!‹, das heißt: Noch eine. Das sind zwei Zauberworte der Epik, von Homer bis Vicky Baum und Decobra. Das habe ich leider gar nicht.«[86] Tucholsky, der großartige Publizist und genaue Beobachter seiner Zeitgenossen, ist ein Meister der kleinen Form geblieben, groß im Essay, als Liederdichter und als Poet, dessen Gedicht *Augen in der Großstadt* jedermann kennt: ›Vorbei, verweht, nie wieder …‹ Er hat der Nachwelt keinen vielstimmigen Gesellschaftsroman hinterlassen, keinen *Käsebier*, kein Angestelltenepos, leider. Ein besonderer Kenner seines Werks, sein Herausgeber Fritz J. Raddatz, glaubt zu wissen, warum eine solche Langerzählung scheitern musste: Tucholsky habe die Empathie gefehlt, er könne an den Figuren, die er so treffsicher analysiert, nicht teilnehmen,

»er bringt sie nicht in Zusammenhang – den große Prosa will.«[87] Ist diese rationale Distanz nicht auch der Grund für das Scheitern der großen Liebe, die ebenfalls einen Zusammenhang sucht, einen Lebenszusammenhang? Fehlt ihm der lange Atem für den Roman ebenso wie für die Dauer in der Liebe? Für Tucholsky, bei dem das aktuelle Geschehen stets durch den Filter der analytischen Sprache geschickt wird, in dessen witzigen Chansons die Beziehung zwischen Mann und Frau sich stets ironisch gebrochen zeigt, bleibt die Sehnsucht nach dem Roman und nach der großen Liebe gleichermaßen unerfüllt. Mit erstaunlicher Offenheit präsentiert sich die literarische Form hier als Spiegel der Bindungsangst eines Menschen, den doch nichts so sehr interessiert wie das zutiefst Zwischenmenschliche: »Wohin ich komme –: da wird gebaut. Wie soll ich da das Buch meines Lebens schreiben: Was ist und zu welchem Ende studieren wir die Liebe?«[88]

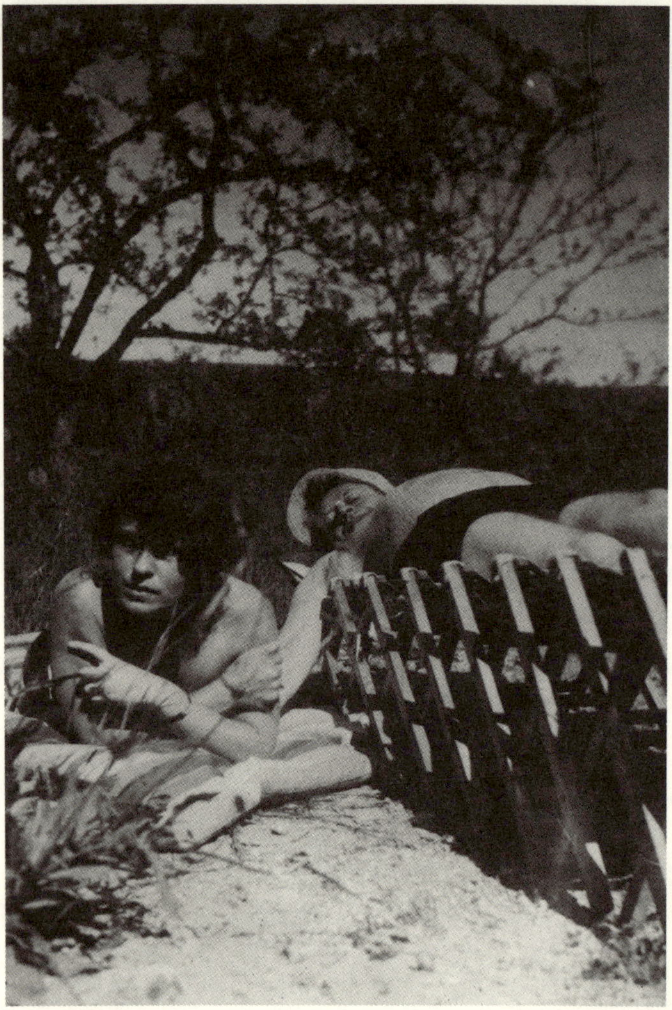

Kurt Tucholsky und Lisa Matthias im schwedischen Läggesta

Geliebte und gute Geister
Lisa Matthias, Gertrude Meyer und Hedwig Müller

»Immer an eine Frau gebunden?
So sollen uns alle Lebensstunden
verrinnen? Ohne boshafte Feste?
Liegt nicht draußen das Allerbeste?
Mädchen? Freiheit? Frauen nach Wahl –?
Gesagt, getan.«[89]

Als Tucholskys Gedicht *Confessio* im Februar 1927 in der *Weltbühne* zu lesen ist, hat der Dichter Bekanntschaft mit einer jungen Berlinerin geschlossen, Lisa Matthias. Auch sie schreibt für Zeitungen, ist als Journalistin und Modezeichnerin tätig. Er ist der modernen, Auto fahrenden Mittdreißigerin aus wohlhabender jüdischer Familie und mit literarischen Ambitionen am 25. Januar 1927 auf einem jener Künstlerbälle begegnet, die in diesen aufgekratzten Zeiten so häufig stattfinden, wo prominente Gäste das Tanzbein schwingen und dem Alkohol zusprechen. George Grosz, Bertolt Brecht, Ernst Toller, der Malik-Verleger Wieland Herzfelde und Richard Huelsenbeck sind an jenem Abend unter den Gästen im Restaurant Schlichter in der

Ansbacher Straße 46. An den Wänden hängen dort lauter Gemälde des Malers Rudolf Schlichter, denn der Wirt ist dessen Bruder. Zu den illustren Berliner Bohème-Kreisen hat Lisa durch ihren zweiten Mann Zugang bekommen, dem Schriftsteller und Weltbühnen-Autor Leo Matthias. Von ihm ist Lisa geschieden, sie hat zwei Kinder aus erster Ehe mit Stanislav Sternberg, den 1920 die Spanische Grippe dahingerafft hat, lebt in einer komfortablen Wohnung in Schöneberg und ist eine freie Frau. Tucholsky ist für sie zweifellos kein Unbekannter. Zwischen Berlin und Paris pendelnd, wo Mary wie ein Phantom existiert, befindet er sich in einem emotionalen Schwebezustand. Da zündet der Funken einer Affäre leicht, alles ganz unverbindlich, denn er ist ja bald wieder fort. »Es bedurfte tatsächlich einer Reihe entscheidender geistiger Kontakte, ehe ich mich einfangen ließ. Billige Kapitulation war nie mein Fall«, erklärt Lisa Matthias den Beginn der Liebesbeziehung, und Tucholsky soll zu ihr gesagt haben: »Dich quatscht man nicht ins Bett.«[90] Allzu lange wird sie ihn jedoch nicht mit Philosophie hingehalten haben. Die Liaison, die Lisa Matthias und Kurt Tucholsky im rauschenden Berlin der Goldenen Zwanziger beginnen, ist von Leichtigkeit geprägt. Seine ›Wendrinereien‹ in fremden Betten nimmt sie billigend in Kauf. »Tucholsky hat mir – ohne Hemmungen – die meisten Namen seiner jeweiligen Freundinnen genannt. Keine spielte eine entscheidende Rolle in seinem Leben.«[91] Anders als für

Mary, ist Tucholsky nicht der Erste und Einzige für Lisa, die nach zwei Ehen im Umgang mit Männern erfahren und realistisch ist. In ihrem Beisein fällt scheinbar jenes Gewicht von ihm ab, das die Liebe zu Mary belastet, welche unter dem Unstern des Krieges begann. Bäumchen wechsle dich: Statt Else ist jetzt Mary die betrogene Ehefrau, statt ihrer ist Lisa Matthias die Dritte in Tucholskys Dreigestirn. Die Flucht aus der Verbindlichkeit erscheint als verzweifelter Versuch, aus dem dunklen Schatten der ungeliebten, herrischen Mutter zu treten. Jede Frau, die seinen Gefühlen mit ernsten Absichten entgegenkommt, ist eine potenzielle Bedrohung. Aus Angst, verletzt zu werden, muss er verletzen und flüchtet aus einer Liebe in eine andere. Kurt Tucholsky, ein Borderliner, wie er im Buche steht?

Die Beziehung zu Tucholsky öffnet Lisa Matthias, wie sie später selbst zugibt, die Türen zu den Redaktionen des Ullstein-Imperiums. Sie publiziert zwischen 1927 und 1932 auch in der *Weltbühne*. Einer ihrer Artikel heißt *Verwendet DIN-Formate*, sie schreibt aus spezifisch weiblicher Sicht über das *Autofahren in Deutschland* und *Die Frau und die Behörde*, bespricht Filme und Ernest Hemingways neuen Roman *A farewell to arms – In einem andern Land*, äußert sich 1930 zur Abtreibungsfrage und beschäftigt sich in einem kritischen Artikel mit dem zum 100. Todestag des Dichters unausweichlichen Goethe-Kult. Tucholsky wiederum lässt sich von den zeitgemäßen Themen seiner neuen Freundin inspirieren und verfasst 1928 für die *Vossische Zeitung* eine Reihe launiger Dialoge mit einem schlagfertigen ›Lottchen‹, die ihr Auto eigenhändig repariert, professionell Kassenbücher führt, über angesagte Hüte und die jüngsten Schlager im Bilde ist. Mit dem leibhaftigen Lottchen schlürft Tucholsky Austern am Kurfürstendamm, sie besuchen Kinopremieren sowie alte Filme und Theaterstücke, die er besprochen hat. In Lisas Wohnung steht ein Klavier, auf dem er hin und wieder spielt, manchmal vierhändig zusammen mit einem ihrer Freunde, dem Musikkritiker Heinz Stuckenschmidt. Tucholskys ewige Rastlosigkeit trifft auf Lisa Matthias' Reiselust. Sie verabreden sich in Hamburg, durchstreifen die Lüneburger Heide, besichtigen das Eutiner Schloss in der Holsteinischen Schweiz, und als er mit seinen Freunden Hans Fritsch und Erich Danehl, den er als Soldat in Alt-Autz kennengelernt und der auch Jura studiert hat, zur goldenen Herbsteszeit in den Spessart reist, stößt auch sie zu dem Männertrio. Ehefrau Mary, die mal wieder auf Wohnungssuche in Paris ist, wird dieses Gruppenbild mit Dame geflissentlich vorenthalten. »Würzburg den ich weiß nicht wievielten. Auf einmal ist alles heiter, beschwingt – die Läden blitzen, wir trinken mit Maß und Ziel, ich pfeife schon frühmorgens in der Badewanne. Wir werden noch aus dem Hotel fliegen – das tut kein verheirateter Mann.«[92] Sie reisen, jetzt wieder zu zweit, an die Loire, besichtigen

Schlösser und die malerische Stadt Tours. Als Mary Paris und die gemeinsame Wohnung endgültig verlassen hat, zögert Lisa nicht, Tucholsky sogleich dort aufzusuchen. Sie macht auch kein Hehl aus ihrer Eifersucht auf die ihr unbekannte ›Madame‹, die den in die Sehnsucht verliebten Tucholsky weiterhin wie ein treuer Schatten begleitet. Denn er liebt seine Ehefrau noch immer, sie spielt anders als die vorübergehenden Liebschaften eine zwingende Rolle in seinem Leben, das spürt Lisa, zieht zu diesem Thema am Ende aber ein betont nüchternes Fazit: »Fast jede Ehe kippt nach einigen Jahren um und wird nur dadurch gehalten, dass kein entscheidender Dritter hinzu kommt. Kommt der Dritte, gibt es nur Trennung, Leben zu dritt oder Resignation.«[93]

Am 5. April 1929 gehen Lisa und Kurt am Skandinavienkai in Travemünde an Bord eines Schiffs und setzen ins schwedische Trelleborg über. Vom großen Fährhafen fahren sie die weite Strecke durch die waldige, von Seen durchzogene südschwedische Landschaft nach Stockholm, wohnen im modern gestylten Hotel Carlton und reisen weiter gen Norden nach Läggesta. In unmittelbarer Nähe liegt Mariefred, »eine klitzekleine Stadt am Mälarsee. Es war eine stille und friedliche Natur, Baum und Wiese, Feld und Wald – niemand aber hätte von diesem Ort Notiz genommen, wenn hier nicht eines der ältesten Schlösser Schwedens wäre: das Schloss Gripsholm.«[94] Als imposante Trutzburg aus rotem

Backstein steht der Bau von 1537 auf einer kleinen Insel, die über einen Holzsteg zu erreichen ist. In diesem malerischen Örtchen baumelt das Paar mit der Seele – ein seit Tucholsky weiß Gott strapaziertes Bild. Lisa bleibt vorerst bis Anfang Mai, reist wegen ihrer Kinder nach Berlin und wird erst Anfang August in Schweden zurückerwartet; die Zwischenzeit verbringt der Dichter vertieft in sein aktuelles Manuskript mit politisch-satirischen Texten für den Band *Deutschland, Deutschland über alles*. »Ich arbeite so vor mich hin«, teilt er Mary im Juni 1929 mit, die von Zeit zu Zeit noch in den Genuss seiner Briefe kommt.[95] »Das wärs. Sonst geht es so – ich lebe hier wie ein Eremit.«[96] Aber nicht mehr lange. Ein Foto zeigt Kurt und Lisa einträchtig schreibend, lesend im Garten des gemieteten schwedischen Holzhäuschens, die perfekte Pose eines harmonischen Intellektuellenpaars in der Sommerfrische. Man schwimmt im See, nimmt textilfreie Sonnenbäder, genießt frischen Fisch, Tucholskys Leibspeise Rote Grütze mit Vanillesoße und den kostbaren Rotwein, der in Schweden nur schwer und zu Höchstpreisen aufzutreiben ist. Ende August reist Lisa wieder zurück nach Berlin. »Wir verbrachten drei wunderschöne und durch keinerlei neuentdeckte Seitensprünge verdunkelte Wochen. Ich traf auf keine ›Beweise‹, und ich war froh darüber.«[97]

Zwei Jahre später liegt die skandinavische Variante der Rheinsberg-Geschichte in den Buchhandlungen: Im Mai 1931 erscheint *Schloss Gripsholm*.

Eine Sommergeschichte im Rowohlt Verlag, versehen mit der Widmung »Für IA 47 407«. Diese diskrete Chiffre ist das Berliner Autokennzeichen von Lisa Matthias, die sich, ganz modernes Lottchen, auf dem Kühler ihres Chevrolet hat ablichten lassen. Sie ist die resolute Lydia aus Tucholskys Feder, die im Buch auch ›Prinzessin‹ genannt wird, eine junge, selbstständige, ihren eigenen Unterhalt verdienende Frau mit bezaubernder Altstimme. »Sie war etwas, was alle Schattierungen umfasst, die nur möglich sind: sie war Sekretärin.«[98] Lisas alter ego Lydia gelingt es, ein kleines Mädchen aus den Fängen der herrischen Frau Adriani, Leiterin eines Kinderheims, zu retten; das Drama in der ansonsten so unbeschwerten Sommergeschichte lässt anklingen, dass autoritäre Erziehungsmethoden nicht mehr in die neue Zeit passen – und dennoch schweben sie wie eine Drohung über dem heiteren Treiben.

Die Dreiecksbeziehung, ein Thema, das derzeit die literarische Runde macht, kommt auch in Gripsholm nicht zu kurz. Wieder ist Karlchen mit von der Partie, im richtigen Leben jener Erich Danehl, der schon mit Tucholsky und Lisa in den Spessart gereist war. Karlchen macht kein Geheimnis aus seiner Schwäche für Lydia, doch die beiden alten Freunde haben sich längst stillschweigend auf gegenseitige Männer-Loyalität geeinigt: »Aber dies war ein ungeschriebenes Gesetz zwischen uns: Totem und Tabu … Unter welchem Tier wir geboren waren, wussten wir nicht; aber es musste wohl das Gleiche sein. Und die Frauen des anderen: nie.«[99] Weniger charmant formuliert Theobald Tiger das in einem Gedicht: »Frauen von Freunden zerstören die Freundschaft.«[100] Zwei Männer und eine Frau, das hieße Konkurrenz. Zwei Frauen und ein Mann sind eine Männerfantasie. Denn aus heiterem Himmel kommt Lydias Freundin, die junge Sibylle ›Billie‹ ins Spiel, und eine Ménage à trois bahnt sich spielerisch an. »Ich richtete mich auf und küsste Billie. Erst ließ sie mich nur gewähren, dann war es, wie wenn sie aus mir tränke. Lange, lange … Dann küsste ich die Prinzessin. Das war wie Heimkehr aus fremden Ländern. […] Ich war doppelt, und ich verglich; drei Augenpaare sahen. Sie entfalteten den Fächer: Frau.«[101] In aller Unschuld, mit kindlicher Hingabe an den Moment, genießen sie die Nähe, Ekstase zu dritt, bis die ›Prinzessin‹ ihn hinausschickt. In die aufgeschriebene Sommergeschichte flicht Tucholsky sein Liebesmuster, die Geometrie des Dreiecks. Eine Ménage à trois hat es tatsächlich gegeben, allerdings nicht im Schloss, sondern mit Lisas alter Schulfreundin Yvonne bei einem Besuch im Tessin. »Er selbst war so fasziniert von der langbeinigen, immer zu irgendeinem Unfug aufgelegten Yvonne, dass er natürlich nicht die Finger – und noch etwas mehr – von ihr lassen konnte. Wir nahmen das beide nicht sehr tragisch.«[102]

Schweden, dessen Bewohner Tucholsky als ›Franzosen des Nordens‹ bezeichnet, wird in jenen Jahren zu seiner Wahlheimat. Die Ostsee ist eine frühe Vertraute, denn die Familie Tucholsky verbrachte die Jahre zwischen 1893 und 1899 in Stettin. Er sucht ein neues Heim und findet es in Hindås, einem Skisport- und Luftkurort rund 30 km östlich von Göteborg. Die Villa Nedsjölund, die er Anfang Februar 1930 mietet, ist ein von Nadelbäumen umstandenes, komfortables und blaues Haus an einem See. Lisa Matthias hilft ihm dabei, es einzurichten. Der Umzug des Autors nach Schweden hat auch einen ernsten Hintergrund: Leib und Leben des exponierten Publizisten sind bedroht, denn er wird nicht nur verbal angegriffen. Auf einer Vortragsreise im November 1929 kommt es in der hessischen Kurstadt Wiesbaden zu einem bedenklichen Zwischenfall, ein Mann wird wegen seiner Ähnlichkeit mit Tucholsky verwechselt und mit Steinen beworfen. Längst schaffen überall im Land die Schlägertrupps der SA ein Klima aus Angst und Gewalt und schüren den Hass auf alles, was ›undeutsch‹ ist. 1932 spitzen sich die Ereignisse für Tucholsky zu, denn die Waage der Justitia senkt sich längst nach rechts: Am 7. Januar ermittelt die Berliner Staatsanwaltschaft wegen des Aufrufs zu Spenden für die Rote Hilfe in dem Beitrag *Im Gefängnis begreift man*. Am 4. August erscheint in der *Weltbühne* Ignaz Wrobels Artikel *Der bewachte Kriegsschauplatz*. Der Satz ›Soldaten sind Mörder‹ bringt ihm eine Strafanzeige seitens der Reichswehrführung ein. Am 24. September

Lisa Matthias auf der Motorhaube ihres Chevrolets, 1930

1932 kommt es in Leipzig zu tumultartigen Ausschreitungen bei der Premiere der zeitkritischen Komödie *Christoph Kolumbus oder Die Entdeckung Amerikas*, die er mit seinem Freund Walter Hasenclever geschrieben hat. Weitere Aufführungen werden verboten.

Lisa Matthias reist immer wieder nach Berlin zu ihren Kindern, und Kurt Tucholsky holt sich unter dem Vorzeichen, die Landessprache erlernen zu wollen, Gesellschaft ins Haus. »Ich protzte furchtbar mit meinen zehn schwedischen Wörtern, aber sie wurden nicht verstanden. Die Leute hielten mich sicherlich für einen besonders vertrackten Ausländer«, hatte er in *Schloss Gripsholm* geschrieben.[103] Nun hält er Ausschau nach einem Menschen, der ihm Schwedisch beibringen und Noten lesen kann. So tritt die zweisprachige, musikalisch begabte Gertrude Meyer in sein Leben; ihre Mutter ist Deutsche, ihr Vater ein Kaufmann aus Göteborg, wo sie am 19. Januar 1897 zur Welt kam. Sie kennt Tucholskys Heimatstadt recht gut, hat ihre Ausbildung dort genossen und zwei Jahre in einem Antiquitätengeschäft am Schöneberger Ufer gearbeitet. Eine Weile ist sie mit dem Schriftsteller und späteren Begründer der Rowohlt-Monografien Kurt Kusenberg verlobt gewesen. »Bitter, wenn sie einen Liebhaber gehabt hat, der mit Vornamen so heißt wie du«, beklagte Tucholsky in einem seiner ›Schnipsel‹. So ein Pech, Kurt ist in seiner

Generation beliebter Name – allein in seinem künstlerischen Umfeld sind die Kurts Legion: Tucholskys Freund Szafranski heißt so, der Dadaist Schwitters, der Komponist Weill, der Publizist Wolff oder die Schriftsteller Hiller und Pinthus, letzterer Herausgeber der berühmten Gedichtanthologie *Menschheitsdämmerung*. Und auch Tucholskys Schwager ein Kurt, Else Weils Bruder. Mit dem Schwedischen geht es zunächst mühsam voran; der so gut französisch spricht, tut sich schwer mit den Deklinationen der »Bauern- und Matrosensprache«, der er mithilfe des Plattdeutschen näher kommt. »Sprache: ich lerne jeden Tag etwa 5 Stunden, und zweimal in der Woche kommt jenner und treibt es mit mir theoretisch; zwei Fröken sprechen mit mir, es geht natürlich sehr langsam, weil ich es alles ganz genau wissen will, aber langsam, ganz langsam, rückt die Sprache zusammen.«[104]

Aus dem Arbeitsverhältnis mit ›jenner‹, der jungen Deutsch-Schwedin wird bald mehr. Eine mit Lisa Matthias geplante Reise nach England im Sommer 1931 findet nicht mehr statt, die Frau, die Tucholsky auf seiner Fahrt über den Ärmelkanal begleitet, heißt jetzt Gertrude Meyer. Die Lottchen-Dialoge verstummen im Herbst 1931, eine weitere Beziehung, der keine Dauer beschieden ist. »Von der ganzen Tucho-Episode«, schreibt Lisa Matthias, »ist nur übrig geblieben, dass wir oft und viel zusammen gelacht haben – was die stärkste Bindung war – und dass ich ihn gern hatte, aber bestimmt

Gertrude Meyer

nie geliebt habe.«[105] Lisa hat begriffen, dass sie Tucholsky, dem wegen seiner Depressionen immer weniger zum Lachen zumute ist, nicht halten kann, immer länger herrscht Funkstille, und ihr Berliner Leben will sie für Schweden seinetwegen nicht aufgeben. »Kurzes Glück kann jeder. Es ist wohl kein anderes denkbar, hienieden.« Auch das ist eine Zeile aus *Schloss Gripsholm*.

»Lebst du mit ihr gemeinsam – dann fühlst du
dich recht einsam.
Bist du aber alleine – dann frieren dir die Beine.
Lebst du zu zweit? Lebst du allein?
Der Mittelweg wird wohl das richtige sein.«[106]

1932, als Tucholsky diese Zeilen in der *Weltbühne* veröffentlicht, ist er zu Gast im Tessin, im gastoffenen Haus von Aline Valangin, in deren Zürcher Künstlersalon auch James Joyce und Elias Canetti ein und aus gehen. Letzterer schreibt: »Es gab kaum einen angesehenen Dichter, Maler oder Komponisten, der nicht in ihrem Haus verkehrte. Sie war klug, man konnte mit ihr sprechen, sie verstand etwas von dem, was solche Männer ihr sagten, sie konnte ohne Anmaßung mit ihnen diskutieren. Sie war erfahren in Träumen, etwas, was sie mit Jung verband, aber es hieß, dass sogar Joyce ihr Träume von sich erzählte.«[107] Weitreichender als Tucholskys kurze Affäre mit der Jung-Schülerin Valangin ist die Beziehung zu Hedwig Müller, die er im Sommer 1932 über seinen

Kurt Tucholsky mit Steffa Bernhard in Brissago (Tessin)

Arzt Erich Katzenstein kennenlernt. Sie wohnt in der Florhofgasse 1 in der Zürcher Innenstadt. Er verbringt ein geschlagenes Jahr, vom Oktober 1932 bis zum September 1933, bei ›Nuuna‹, wie er seine Schweizer Geliebte nennt. Wieder eine Medizinerin, eine jener selbstständigen und kultivierten Frauen, von deren lebensfroher Ausstrahlung er sich angezogen fühlt. Hedwig Müllers Fachgebiete sind innere Medizin und Kinderheilkunde, ihr Lehrer war der fortschrittliche Wiener Pädiater Clemens von Pirquet, dessen Assistentin sie wurde. Nun arbeitet sie als Gesellschaftsärztin für die Schweizer Lebensversicherungs- und Rentenanstalt. Als Antifaschistin ist Hedwig Müller in der Hilfsorganisation für politische Flüchtlinge und jüdische Emigranten, der Centrale Sanitaire Suisse, engagiert. Und Emigranten drängen seit Beginn des Jahres 1933 immer mehr ins Land. Die Nachricht vom Wahlsieg der NSDAP ereilt Tucholsky in Zürich. Hedwig bietet ihrem geschätzten Dauergast an, ganz in die neutrale Schweiz zu übersiedeln, organisatorisch am einfachsten als ihr Ehemann. Sie spielt sogar mit dem Gedanken, dem Literaten auf eigene Kosten eine Buchhandlung einzurichten, doch Tucholsky fürchtet die materielle Abhängigkeit; schon jetzt muss der stets elegant gekleidete Herr, dem man die Bedrückung auf den ersten Blick nicht ansieht, seine Freundin anpumpen. »[…] Buchladen oder etwas andres, aber stets mit halber Kraft, ich kann das machen, nicht mal gut übrigens, aber ich bin es nicht.«[108] Nein, kein Buchhändler, ein Schriftsteller, das ist er, aber an welchem Thema sollte er sich in der neutralen Schweiz abarbeiten können? Zu Gast bei einem ›Hoteliervolk‹, wie er die Bewohner des Alpenlandes nennt, fehlt dem politischen Publizisten die Reibungsfläche. Er fühlt sich hier ebenso unwohl wie Thomas Mann oder Robert Musil. »So einsam wie in der Schweiz kann man nicht bald irgendwo sein«, schreibt der in Zürich zunehmend verbitternde Musil.

Hedwig versucht, Kurt Tucholsky zum Bleiben zu bewegen, aber es zieht ihn zurück nach Schweden. »Ich möchte Dich nur hie und da respektvoll daran erinnern«, schreibt sie gegen die Resignation des Freundes an, »dass sich sogar für uns noch eine einigermaßen erträgliche Zukunft denken lässt. Wegen Herkommens will ich Dir nicht mehr zureden. Du weißt, wie schrecklich froh ich wäre, wenn Du kämst.«[109] Nein, er kommt nicht, doch die Post an Staatsfeind Nummer Eins läuft sicherheitshalber über die Deckadresse in der Florhofgasse, von wo Hedwig sie im neu adressierten Kuvert an den Empfänger nach Schweden weiterleitet, vorsichtshalber auch hier nicht direkt an Tucholskys, sondern an die Adresse der Meyers.

Wie die meisten Emigranten leidet Tucholsky unter der Untätigkeit, zu der er verdammt ist. Ihm fehlt die Leserschaft. Alle kritischen Stimmen der Weimarer Republik sind mundtot gemacht, Carl von Ossietzky ins KZ verschleppt, die Weggefährten

Walter Hasenclever und Walter Mehring nach Frankreich emigriert, die Sängerinnen, für die Tucholsky Liedtexte schrieb, verstummt, und die Zeitungen, für die er tätig war, gleichgeschaltet. Die letzte Nummer der *Weltbühne* ist am 7. März 1933 erschienen. Statt Bildern der halbnackten Josephine Baker findet die Leserin der *Dame* nun zugeknöpfte deutsche Mädel mit blonden Zöpfen, statt flotter, ironischer Texte von Vicki Baum unverfängliche Naturgedichte von Marie Luise Kaschnitz. Einer der gefragtesten Journalisten der Weimarer Republik schreibt jetzt, weil man ihm die spitze Feder abgebrochen hat, vor allem Briefe, viele davon an Nuuna. Die Tagebuchblätter, die er ihnen beilegt, können ihm die publizistische Tätigkeit zwar nicht ersetzen, aber immerhin, seine Adressatin nimmt immer wieder den thematischen Faden auf, den er darin aus den aktuellen politischen Geschehnissen zieht. Da Tucholsky nicht dauerhaft in der Schweiz leben will, schlägt er ihr vor, ein gemeinsames Leben in Schweden zu führen, doch die engagierte Ärztin wird von Verpflichtungen in Zürich gehalten, der Briefwechsel bleibt das intensivste Gespräch.

In Hindås hat all die Zeit Gertrude Meyer auf den Hausherrn gewartet und in der blauen Villa nach dem Rechten gesehen. »Die Meyern hilft rührend. Aber mir wäre lieber, Du tätest das«, schreibt er an Nuuna.[110] Im August 1934 sieht man Tucholsky in Gesellschaft von zwei Frauen in der geliebten Ostsee baden und am Strand von Lsyekil

Hedwig Müller

liegen, einem idyllischen kleinen Fischerort in der Schärenlandschaft der schwedischen Westküste. Der Sommerurlaub zu dritt verläuft offenbar erstaunlich harmonisch, doch das kurze Ferienglück mit Hedwig und Gertrude kann nicht darüber hinwegtäuschen, dass Tucholsky seine Lage als immer trostloser empfindet. Im Januar 1934 verliert sein deutscher Pass die Gültigkeit. Dem Staatenlosen verweigern die schwedischen Behörden die Einbürgerung. Sein provisorischer Flüchtlingspass ist ein Dokument ohne großen Wert, er berechtigt nicht zur Arbeitsaufnahme und muss halbjährlich erneuert werden. Schon seit Jahren plagen ihn die kranken Nebenhöhlen, mehrfach wurde er in der Nase operiert, inzwischen ist ihm das lange stoisch ertragene Leiden unerträglich. Von sich als ›aufgehörtem‹ Schriftsteller kann er nur noch im Präteritum sprechen. Und der Mann, der so leichtfüßig durch das Leben verschiedener Frauen spaziert ist, wird mit dem Schmerz und der Trauer um diesen einen großen Verlust nicht fertig, Mary. »Der Grund zu kämpfen, die Brücke, das innere Glied, die raison d'être fehlt.«[111]

Das Jahr 1935 neigt sich dem Ende zu, Wintersonnenwende. In Hindås hoch im Norden geht die Sonne gegen 9 Uhr auf, für sechs kurze Stunden. Am Abend des 21. Dezember stirbt Kurt Tucholsky an einer Überdosis Veronal. Als Gertrude Meyer zu seiner Villa kommt, wo sich nichts regt, ahnt sie, dass etwas nicht in Ordnung ist. Sie lässt die Tür aufbrechen und sieht ihren Freund bewusstlos liegen. Sie bringt ihn nach Göteborg ins Sahlgrensche Krankenhaus, wo die Ärzte ihm nicht mehr helfen können. In Tucholskys Portefeuille findet sie den herzzerreißenden Abschiedsbrief, den Mary ihm einst schrieb. Dem geknickten Papier sieht man an, dass er ihn seit nunmehr sieben Jahren bei sich getragen hat: »Kommt, wenn braucht und ruft – ist der rote Faden. Seine Meli.« Einen zweiten Abschiedsbrief findet Gertrude in Tucholskys Haus auf dem Tisch. Er ist an Mary gerichtet. Auf das verschlossene Kuvert hat er geschrieben, sie solle es nur dann öffnen, wenn sie nicht »verheiratet oder ernsthaft gebunden« sei. Mary erhält den Brief aus der Hand von Hedwig Müller, die vereint mit Gertrude Meyer den Hausstand in Hindås aufgelöst hat, außerdem überbringt sie ihr Tucholskys Notizheft, sein sogenanntes *Sudelbuch*, und sein Testament. Mary ist wieder allein, als sie Zeile für Zeile eine große Abbitte, eine abschließende Lebensbeichte liest von einem, der als Liebender nicht aus seiner Haut, aus einem Verhaltensmuster, einem Teufelskreis heraus konnte: »Hat einen Goldklumpen in der Hand gehabt und sich nach Rechenpfennigen gebückt; hat nicht verstanden und hat Dummheiten gemacht, hat zwar nicht verraten, aber betrogen, und hat nicht verstanden. [...] Aber ich sehe mich noch nach Seiner Abfahrt im Parc Monceau sitzen, da wo ich mein Paris angefangen habe – da war ich nun ›frei‹ – und ich war ganz dumpf und leer und gar nicht glücklich. Und so ist es denn auch geblieben. Seine liebevolle Geduld, diesen Wahnwitz damals mitzumachen, die Unruhe; die Geduld, neben einem Menschen zu leben, der wie ewig gejagt war, der immerzu Furcht, nein, Angst gehabt hat, jene Angst, die keinen Grund hat, keinen anzugeben weiß – heute wäre sie nicht mehr nötig. Heute weiß. Wenn Liebe das ist, was einen ganz und gar umkehrt, was jede Faser verrückt, so kann man das hier und da empfinden. Wenn aber zur echten Liebe dazu kommen muss, dass sie währt, dass sie immer wieder kommt, immer und immer wieder –: dann hat nur ein Mal in seinem Leben geliebt. Ihn.«[112]

Nachgetragene Liebe

War Tucholsky als ›homme à femmes‹ auch ein Egoist und ein Gefangener seiner eigenen Unordnung der Gefühle, keine der Frauen seines Lebens scheint es ihm übel genommen zu haben. Im Gegenteil, jede Einzelne behandelte das gemeinsame Kapitel Leben auf ihre Weise wie eine ganz besondere Kostbarkeit. Ob Else Weil oder Mary Gerold, ob Gertrude Meyer oder Hedwig Müller, die einfühlsamen Gefährtinnen konnten ihn als labiles Menschenkind sehen und schätzten den hellsichtigen Schriftsteller.

Als Kurt Tucholskys Testament eröffnet wird, geht es abermals vor allem um die Frauen. Hedwig Müller erfährt, dass ihr sein Ring mit dem eingravierten ›Et après‹ zugedacht ist. Gertrude Meyer, die die Grabstätte auf dem Friedhof von Mariefred aussucht und die Beerdigungskosten trägt, darf sich Bücher und andere Dinge aus seinem Nachlass aussuchen. Als Universalerbin hat Tucholsky Mary Gerold eingesetzt. Ob ihm bewusst war, was er damit tat? Sein Werk, ein umfangreicher Textkörper, lag nun in ihren Händen. Nach dem Ende des

Dritten Reichs musste ihm ganz neues Leben eingehaucht werden, denn wie andere große Geister der Weimarer Republik war auch Tucholsky während der jahrelangen Gehirnwäsche durch die Nazis ins Vergessen gestoßen worden. Bis zu ihrem Tod im Jahre 1987 führt Mary Gerold-Tucholsky, wie sie sich trotz der Scheidung wieder offiziell nennen darf, ein nachgetragenes gemeinsames Leben mit Tucholsky, konfrontiert sich Brief für Brief mit viel ungelebter gemeinsamer Vergangenheit und mit zärtlichen Worten, die ihr Mann auch an andere Frauen gerichtet hat, etliche davon an Nuuna. Warum tut sie sich das an? Zum einen: Mary weiß um den Wert des literarischen Vermächtnisses. Zum anderen bewegt sie sicherlich auch die Suche nach einem heilsamen Abschluss, nach einem inneren Frieden mit dem geliebten Mann, den sie auf diese Weise finden kann. In ihrem Haus in Rottach-Egern am Tegernsee, wohin Mary 1948 gezogen ist, legt sie ein Archiv an, das ab den Siebzigerjahren sukzessive dem Literaturarchiv in Marbach übergeben wird. Die sehnenden Briefe, die Tucholsky ihr schrieb, aus Berlin, aus Paris und auch der herzzerreißende Abschiedsbrief erscheinen erstmals 1982, doch die Adressatin selbst bleibt stumm. »Warum veröffentlichen Sie nicht die Briefe AN Tucho, die müssen doch toll sein? Oder?«, fragt die Schriftstellerin Elisabeth Castonier und bemüht sich persönlich um weitere Briefe Tucholskys, die in den gesammelten Nachlass gelangen sollten: »Lieber Doktor Lehmann […] Wie

Sie wissen, bin ich mit Mary Tucholsky, der Witwe von KT, befreundet, die das Tucholsky-Archiv begründet hat […] Sie fragte mich, ob ich jemanden kenne, der noch Briefe von Tucho hat […] da fiel mir ein, dass Sie sagten, Sie kennen eine schrunzlige alte Dame, eine Jugendfreundin, die soviel Brief (sic) von KT hat. Ich glaube, es wäre von Wichtigkeit, wenn auch diese ev. veröffentlicht würden – denn wenn die alte Dame stirbt, werden diese Briefe ja doch wohl verbrannt oder verloren. Könnte man diese Dame, eine der 3 lieben Frauen, nicht dazu bewegen, sich mit Mary in Verbindung zu setzen? Oder wie könnte man sie bzw. wie könnte Mary sie erreichen?«[113] Die Jugendfreundin ist niemand anderes als Kitty Frankfurter, die einstige Verlobte. Aus dem englischen Bath, wo sie lebt, kommt postwendend eine abschlägige Antwort. »Liebe Meeeeri«, teilt Castonier Mary Gerold-Tucholsky mit, »ich glaube, der Zahn der Zeit hat das Hirn der Kitty Frankenstein benagt. Der Brief ist zu blöd. Was über ein halbes Jahrhundert zurückliegt, ist doch nicht mehr ›Geheimnis‹. Die dumme Gans hat natürlich alle Briefe und liest sie jeden Tag durch – Victor sagte mir, sie hat sie noch –, aber sie will sie nicht rausgeben. Hier ist der Brief. Sie nimmt sich zu wichtig. Männer sind nicht so blöde. Also, nix zu machen. Schade. Sie bekommen dies wahrscheinlich nach der Reise ›südwestlich‹ – sollten alle Tucho-Mädchen so mysteriös tun?«[114] Zehn Tage später schickt sie Mary diese Mitteilung: »LM, in Eile, heute erhielt ich diese Karte, die im Nachlass von Victor Lehmann gefunden wurde – wahrscheinlich wissen Sie, worauf sie sich bezieht. KF behauptet JETZT, alle Briefe vor der Emigration verbrannt zu haben – Victor sagte mir letztes Frühjahr, sie hätte sie noch. O, diese Weiber.«[115]

Auch Gertrude Meyer hat alle Briefe, die Kurt Tucholsky ihr schrieb, vernichtet. Ein Leben lang war sie dankbar für die kurze, aber intensive Zeit, die sie als sehr junge Frau mit dem verehrten Schriftsteller aus Deutschland verbringen durfte. »Dass er sich eines Tages das Leben nehmen würde, habe sie immer gewusst, sagt sie, gegen die Zwickmühle, in die er geistig, seelisch, finanziell, gesundheitlich und beruflich geraten war, konnte niemand anlieben.«[116] Verheiratet mit Fritz Prenzlau, deutscher Jude und Jurist wie Tucholsky, lebte sie bis zu ihrem Tod im Jahre 1990 in Hindås.

In einem seiner Briefe an Hedwig Müller zieht ein resignierter Tucholsky, der stets als Erster vor den Herausforderungen einer dauerhaften Liebesbeziehung kapituliert hat, ein trauriges Fazit: »Das, woran sich Menschen seit sechstausend Jahren die Köpfe zerbrechen: dass Mann und Frau immer und immer eine Art Gegnerschaft bilden; dass sie sich nie, nie ganz und gar verstehen können; dass immer noch ein Rest bleibt; dass Liebe sich abnutzt, in einem andern Tempo als beim Mann …«[117] Bevor Hedwig Müller 1973 im Alter von achtzig Jahren in Zürich stirbt, überlässt sie ihre Korrespondenz mit Tucholsky dem Deutschen Literaturarchiv in Marbach. Ihre eigenen Briefe hatte sie nach seinem Tod wieder an sich genommen und bei einem Rechtsanwalt hinterlegt.

Lisa Matthias veröffentlicht 1962 ihre Memoiren unter dem Titel *Ich war Tucholskys Lottchen. Der Kintopp meines Lebens*. Das Buch kann sich mit anderen prahlerischen Erinnerungsbüchern aus der Feder von Witwen oder Verflossenen berühmter Männer messen lassen – es erinnert an die Gattenparade, die Alma Mahler-Werfel in *Mein Leben* aufmarschieren lässt, an Peggy Guggenheims Stolz auf ihre Beziehung mit Max Ernst, von der sie in *Ich habe alles gelebt* schreibt, an Claire Golls Herablassung in ihren Memoiren *Ich verzeihe keinem*. »Ich bin mit Kurt Tucholsky vom 27. Januar 1927 bis Herbst 1931 so intim befreundet gewesen, wie man das als Frau mit einem Mann sein kann. Ich war ihm – seinen eigenen Worten nach – Mutter, Wiege, Kamerad. Während dieser Jahre sind viele seiner besten Arbeiten entstanden.«[118] Matthias' Buch wird gleich nach Erscheinen von Marcel Reich-Ranicki in der *Zeit* verrissen. »Nur eines sei noch angeführt: dass die dominierenden Gefühle des Buches Neid und Eifersucht sind. Denn es ist – wie schon das Motto andeutet – vor allem gegen die Verwalterin des Nachlasses, Frau Mary Gerold-Tucholsky, gerichtet, die immer wieder mit kindisch-maliziösen Seitenhieben bedacht wird.«[119]

Wie auch immer, dank Lisa Matthias' selbstverliebtem Mitteilungsdrang erfährt man lebendige Details aus dem Berliner Alltag in den Zwanzigerjahren. Als Jüdin muss auch sie aus Deutschland fliehen, im April 1933 nimmt sie den ihr aus friedlicheren Tagen bekannten Weg nach Schweden, gründet im Exil einen Buchclub und den Bibliophilen Verlag, wo Übersetzungen deutscher und französischer Klassiker erscheinen. Sie bleibt ihrer neuen Heimat treu und stirbt am 2. November 1982 im südschwedischen Städtchen Ängelholm.

Im Januar 1933 arbeitet Else Weil in der Abteilung Innere Medizin am Krankenhaus Friedrichshain. Lion Feuchtwanger schildert in seinem Roman *Die Geschwister Oppermann*, wie jüdische Ärzte gleich nach Hitlers Machtergreifung im Handumdrehen aus ihren Posten gedrängt wurden. Ab Dezember 1933 wurde ihnen allen die Kassenzulassung und damit die Existenzgrundlage entzogen. Wenn überhaupt, durften sie nur noch jüdische Patienten behandeln und wurden abwertend als ›Behandler‹ bezeichnet. Auch Else Weils Platz wird sofort von einem ›arischen‹ Kollegen eingenommen worden sein. Aus dem Haus in der Charlottenburger Wielandstraße 33, wo sie seit 1926 mit der inzwischen verwitweten Mutter gelebt hat, zieht sie nach deren Tod im Herbst 1933 aus. Sie kommt in der Fontanestraße 12 in Berlin-Grunewald bei der Familie Hoffnung unter, wo sie sich als Kindermädchen nützlich machen kann, immerhin. Erst 1938, als überall im Land die Synagogen brennen, entschließt sie sich zur Flucht nach Holland. Dort kann sie jedoch nicht bleiben, weil ihr die nötigen Papiere fehlen, ihre nächste Station ist Paris, ein Unterschlupf bei der befreundeten Familie Oppenheimer. Da immer mehr Flüchtlinge in Frankreich Schutz suchen, werden die Lebensbedingungen zunehmend schwieriger, Arbeit zu finden ist so gut wie unmöglich. Als Deutschland 1939 den nächsten großen Krieg anzettelt, sind deutsche Emigranten plötzlich Staatsfeinde, denen die Einweisung in ein Internierungslager droht. Nach dem Einmarsch der Deutschen im Juni 1940 wird Frankreich in zwei Zonen unterteilt, das Gebiet von Pétains Vichy-Regierung, die mit Hitler kollaboriert, und jene so trügerisch ›Zone libre‹ genannte Freie Zone im Süden. Eins der dortigen Internierungslager ist Gurs, ursprünglich als Notunterkunft für Bürgerkriegsflüchtlinge aus Spanien errichtet, in Sichtweite der Baracken zieht sich »das blaue Band der Pyrenäen«, das Tucholsky mit poetischen Worten zeichnete. Hierhin wird Else Weil deportiert, sie kann sich als Ärztin nützlich machen und kommt deshalb bald wieder frei. Sie ist nicht allein in dieser schweren Zeit. Friedrich Epstein ist als Partner an ihrer Seite. Schon 1934 hatten sie sich bei Freunden in Paris kennengelernt. Der Chemiker und Direktor der Abteilung Physikalische Chemie und Elektrochemie der Kaiser-Wilhelm-Gesellschaft war schon in diesem Jahr emigriert.

Das Paar kommt im malerischen St. Cyr-sur-Mer im Département Var unter, bei einer Nichte Friedrich Epsteins, Anne-Marie, die mit dem Kunsthistoriker Julius Meier-Graefe verheiratet ist. Nun planen die beiden ihre Heirat, wollen zuvor in die USA emigrieren. Die Jagd nach notwendigen Papieren ist ein verzweifelter Wettlauf mit der Zeit. Marseille ist voller Flüchtlinge, die ihre sehnsüchtigen Blicke auf die Ozeandampfer richten, die aus dem Hafen auslaufen und über den Atlantik am Horizont verschwinden. Und immer wieder dasselbe Drama: Die begehrte Schiffskabine ist zwar gebucht, aber weil immer noch das Einreisevisum für Amerika fehlt, wird die Kabine anderweitig belegt. Oder umgekehrt, das Visum ist vorhanden und alle Plätze an Bord bereits vergeben, auf Wochen und Monate. Das Warten nimmt kein Ende. Bei einer Razzia im August 1942 wird Else Weil erneut verschleppt, diesmal ins Lager Les Milles, wo sich Tucholskys Freund Walter Hasenclever schon 1940 das Leben genommen hat, dann weiter ins Lager Drancy bei Paris. 72 Stunden dauert die Zugfahrt von dort nach Auschwitz.

Als der Krieg vorüber ist, warten Überlebende ungeduldig auf Nachrichten ihrer Lieben: »Meine einzige Hoffnung ist, dass sie durch ihren Beruf gerettet wurde«, schreibt eine Freundin von Else Weil an deren Bruder, der nach London fliehen konnte. »Ärzte wurden überall gebraucht und einige von ihnen sind inzwischen zurückgekehrt. Wenn also ihre Gesundheit und ihre Kräfte nicht zu sehr in Mitleidenschaft gezogen wurden, dürfen wir noch hoffen, sie wiederzusehen.«[120]

Else Weil ist am 11. September 1942 in einer Gaskammer des Konzentrationslagers Auschwitz ermordet worden. Friedrich Epstein erlitt ein gutes Jahr später dasselbe Schicksal – wie auch Doris Tucholsky, die ungeliebte Mutter, über die der Sohn einmal böse sagte, »aber das wird alt«. Vor dem Haus Bundesallee 79, ehemals Kaiserallee, findet der Vorübergehende seit dem 27. August 2014 einen Stolperstein im Trottoir, der an die kluge Ärztin Else Weil erinnert. 1951 wurde die Artilleriestraße in Berlin-Mitte in Tucholskystraße umbenannt. Der Zufall will, dass sich dort der Standort der Frauenklinik befand, in der Else Weil einmal tätig war. Dass man inzwischen etwas mehr über sie weiß, ist ebenfalls einem glücklichen Zufall zu verdanken: 1997 trug sich eine Besucherin ins Gästebuch des Rheinsberger Tucholsky-Literaturmuseums ein: »G. Weil, London«. Sie war eine – zum damaligen Zeitpunkt achtzigjährige – Nichte von Else Weil. Erst durch sie kamen weitere Dokumente über Tucholskys erste Ehefrau zusammen. Ein Café in Rheinsberg erinnert an Else Weil, der Kurt Tucholsky mit seinem *Bilderbuch für Verliebte* ein literarisches Denkmal gesetzt hat. Wie die Hauptfigur darin trägt es den Namen Claire.

Literatur

Kurt Tucholsky

Unser ungelebtes Leben. Briefe an Mary. Hg. von Fritz J. Raddatz. Rowohlt, Reinbek, 1990.

Briefe aus dem Schweigen. 1932–1935. Briefe an Nuuna. Hg. von Mary Gerold-Tucholsky und Gustav Huonker. Rowohlt, Reinbek, 1977.

Die Q-Tagebücher. 1934–1935. Hg. von Mary Gerold-Tucholsky und Gustav Huonker. Rowohlt, Reinbek, 1978.

Ein Pyrenäenbuch. Rowohlt, Reinbek 1962.

Rheinsberg. Ein Bilderbuch für Verliebte. Rowohlt, Reinbek, 1985.

Schnipsel. Hg. von Mary Gerold-Tucholsky und Fritz J. Raddatz. Rowohlt, Reinbek, 1973.

Schloss Gripsholm. Eine Sommergeschichte. Rowohlt, Reinbek, 1978.

Zwischen gestern und morgen. Hg. von Mary Gerold-Tucholsky. Rowohlt, Reinbek, 1952.

Gesamtausgabe in 22 Bänden. Hg. von Antje Bonitz, Michael Hepp u. a. Rowohlt, Reinbek, 1991–2011.

Briefe an eine Katholikin 1929–1931. Reinbek, Rowohlt, 1970.

Quellen und weiterführende Literatur

Ackermann, Irmgard und Klaus Hübner (Hg.): Tucholsky heute. Rückblick und Ausblick. Ludicium, München, 1991.

Bellin, Klaus: Es war wie Glas zwischen uns. Aufbau, Berlin, 2013.

Bemmann, Helga: In mein' Verein bin ich hineingetreten. Kurt Tucholsky als Chanson- und Liederdichter. Lied der Zeit Musikverlag, Berlin, 1989.

Bock, Petra und Katja Koblitz (Hg.): Neue Frauen zwischen den Zeiten. Edition Hentrich, Berlin, 1995.

Böthig, Peter und Alexandra Brach: Else Weil – Fragmente eines deutsch-jüdischen Lebensweges. Katalog zur Ausstellung des Kurt Tucholsky Literaturmuseums Rheinsberg, 2010.

ders. und Carina Stewen (Hg.): Kurt Tucholsky. Herr Wendriner und das Lottchen. Verlag für Berlin-Brandenburg, Berlin, 2014.

Braune, Rudolf: Das Mädchen an der Orga Privat. Glotzi, Frankfurt/Main, 2002.

Canetti, Elias: Das Augenspiel. Lebensgeschichte 1931–1937. Hanser, München, 1985.

Croner, Fritz: Soziologie der Angestellten. Kiepenheuer & Witsch, Köln, 1962.

Ebinger, Blandine: Erinnerungen der Schauspielerin und Diseuse Blandine Ebinger. Luchterhand, Hamburg, 1992.

Fähnders, Walter und Helga Karrenbrock (Hg.): Autorinnen der Weimarer Republik. Aisthesis, Bielefeld, 2003.

Fittko, Lisa: Mein Weg über die Pyrenäen. Erinnerungen 1940/41. dtv, München, 1989.

Hepp, Michael: Biographische Annäherungen. Rowohlt, Reinbek, 1993.

Hessel, Franz: Spazieren in Berlin. Berlin Verlag, Berlin, 2012.

Hesterberg, Trude: Was ich noch sagen wollte. Henschel, Berlin, 1971.

Hosfeld, Rolf: Ein deutsches Leben. Siedler, München, 2012.

Kafka, Franz: Tagebücher 1910–1923. Fischer, Frankfurt/Main, 1973.

Kennedy, Beate: Irmgard Keun – Zeit und Zitat. Narrative Verfahren und literarische Autorschaft im Gesamtwerk. De Gruyter, Berlin, 2014.

Kessler, Harry Graf: Tagebücher 1918 bis 1937. Hg. von Wolfgang Pfeiffer-Belli. Insel, Frankfurt/Main, 1996.

Kiaulehn, Walther: Berlin. Schicksal einer Weltstadt. Biederstein, München und Berlin, 1958.

Koreen, Maegie: Claire Waldoff. Die Königin des Humors. MV-Verlag, Greifswald, 2014.

Kracauer, Siegfried: Die Angestellten. Suhrkamp, Frankfurt/Main, 1971.

Krell, Max: Das alles gab es einmal. Verlag Heinrich Scheffler, Frankfurt/Main, 1961.

Lange, Annemarie: Das Wilhelminische Berlin. Dietz, Berlin, 1988.

Lenze, Nele (Hg.): Tucholsky in Berlin – Gesammelte Feuilletons 1912–1930. Berlin Story, Berlin, 2007.

Matthias, Lisa: Ich war Tucholskys Lottchen – Text und

Bilder aus dem Kintopp meines Lebens. Marion von Schröder Verlag, Hamburg, 1962.
Metzger, Karl-Heinz: Wilmersdorf im Spiegel literarischer Texte vom 19. Jahrhundert bis 1933. Hg. Bezirksamt Wilmersdorf von Berlin, Verlag Wilhelm Möller, Berlin, 1985.
Ossietzky, Maud von: Maud von Ossietzky erzählt. Buchverlag Der Morgen, Berlin, 1966.
Pagel, Julius: Grundriss eines Systems der Medizinischen Kulturgeschichte. Karger, Berlin, 1905.
Pflug, Sunhild: Dr. med. Else Weil (1889–1942). Auf den Spuren von Kurt Tucholskys Claire aus ›Rheinsberg‹. Reihe Jüdische Miniaturen, Stiftung Neue Synagoge Berlin. Hentrich & Hentrich, Berlin, 2008.
Raddatz, Fritz J.: Tucholsky. Ein Pseudonym. Essay. Rowohlt, Reinbek, 1989.
ders.: ›Dann wird aus Zwein: Wir beide‹. Kurt Tucholsky und Mary Gerold. Herder, Freiburg, 2015.
Rheinsberg, Anna: Bubikopf. Luchterhand, Darmstadt, 1988.
Schwoch, Rebecca (Hg.): Berliner jüdische Kassenärzte und ihr Schicksal im Nationalsozialismus. Hentrich & Hentrich, Berlin, 2009.
Soden, Kristine von und Maruta Schmidt (Hg.): Neue Frauen. Die Zwanzigerjahre. BilderLeseBuch. Elefanten Press, Berlin, 1988.
Stolzenberger, Günter (Hg.): Mit Tucholsky die Frauen verstehen. Herder, Freiburg, 2006.
Tergit, Gabriele: Etwas Seltenes überhaupt. Erinnerungen. Ullstein, Frankfurt/Main, Berlin, Wien, 1983.

dies.: Atem einer anderen Welt. Berliner Reportagen. Suhrkamp, Frankfurt/Main, 1994.

dies.: Wer schießt aus Liebe? Gerichtsreportagen. Verlag Das Neue Berlin, Berlin, 1999.

Übleis, Gabriele: Tucholsky und die Frauen. Drei Ulmen Verlag, München, 1987.

Viëtor-Engländer, Deborah (Hg.): Exil im Nebelland. Elisabeth Castoniers Briefe an Mary Tucholsky. Eine Chronik. Peter Lang, Bern, Berlin u.a., 2010.

Wallenberg, Hans (Hg.): Berlin Kochstraße. Ullstein, Berlin, Frankfurt/Main, Wien, 1966.

Weil, Else: Beitrag zur Kasuistik des induzierten Irreseins. Ebering, Berlin, 1918.

Ziegler, Edda: Die verbrannten Dichterinnen. Schriftstellerinnen gegen den Nationalsozialismus. Patmos, Düsseldorf, 2007.

Zwerenz, Gerhard: Eine Liebe in Schweden. Roman vom seltsamen Spiel und Tod des Satirikers K.T. Goldmann, München, 1980.

ders.: Gute Witwen weinen nicht. Exil, Lieben, Tod. Die letzten Jahre Kurt Tucholskys. Kranichsteiner Literaturverlag, Darmstadt, 2002.

Artikel und Aufsätze

Lehnert, Elke: »Ausschluss – Aufbruch – Zulassung. Von der geduldeten Gasthörerin zur Studentin.« In: Humboldt-Universität zu Berlin (Hg.): Frauen an der Humboldt-Universität 1908–1998. Vorträge anlässlich der Festveranstaltung 90 Jahre Frauen an der Berliner Universität. 9. Dezember 1998. Heft 99, S. 7–20.

Reich-Ranicki, Marcel: »Kurtchen schnarchte fürchterlich.« In: Die Zeit, 4. Mai 1962.
Behling, Katja: tachles.ch/news/print/frau-dr-med-tucholsky, 29. Oktober 2010.
Stoltenberg, Annemarie: »Das Fröken. Besuch bei Gertrude Prenzlau in Schweden.« In: Die Zeit, 5. Januar 1990.
Die Weltbühne. Vollständiger Nachdruck der Jahrgänge 1918–1933. 16 Bände. Athenäum, Königstein/Taunus, 1978.

Webseiten
www.dhm.de
www.geschichte.charite.de
www.hoerbuchproduzent.de
www.rheinsberg.de
www.sudelblog.de
www.tucholsky-gesellschaft.de
www.textlog.de
www.walter-mehring.info
www.zefys.staatsbibliothek-berlin.de

Anmerkungen

1 KT, *Berliner Cabarets* in: *Die Schaubühne*, Nr. 10, 06.03.1913, S. 288.

2 Kiaulehn, S. 541.

3 Bemmann, S. 65.

4 zit. n. Bemmann, S. 86.

5 KT, GA, Bd. 4, Ziffer 42.

6 GA, Bd. 4, S. 10–11.

7 KT, *Gussy Holl* in: *Die Schaubühne*, Nr. 26, 03.07.1913, S. 688.

8 KT, GA, Bd. 1, S. 72.

9 KT, *Gussy Holl* in: *Die Schaubühne*, Nr. 26, 03.07.1913, S. 688.

10 Zuckmayer, S. 40.

11 Zuckmayer, S. 41.

12 KT, Briefe an Mary, 27.09.1919, S. 256–57.

13 KT, Briefe an Mary, 17.10.1919, S. 270.

14 Zuckmayer, S. 40.

15 KT an Walter Mehring, 25.05.1929, zit. n: www.walter-mehring.info.

16 KT, Briefe an Mary, 17.10.1919, S. 270.

17 KT, *Berliner Cabarets* in: *Die Schaubühne*, Nr. 10, 06.03.1913, S. 288.

18 KT, *Berolina* in: *Die Weltbühne*, Nr. 35, 27.08.1929, S. 319.

19 KT, *Cabaret* in: *Die Schaubühne*, Nr. 43, 23.10.1913, S. 1044.

20 KT, *Rote Melodie* in: *Die Weltbühne*, Nr. 31, 03.08.1922, S. 122.

21 zit. n. Bemmann, S. 57.

22 zit. n. Bemmann, S. 63.

23 KT an Walter Mehring, 25.08.1928, zit. n. www.hoerbuchproduzent.de.

24 Hesterberg, S. 78–80.

25 Hesterberg, S. 78–80.

26 Pflug, S. 13.

27 Pagel, S. 44.

28 KT, Rheinsberg, S. 34.

29 KT, Rheinsberg, S. 21.

30 KT, Rheinsberg, S. 73.

31 Tergit, Etwas Seltenes, S. 69–70.

32 zit. n. Pflug, S. 22.

33 Kafka, S. 47.

34 KT an Hans Erich Blaich, 06.08.1917, zit. n. Pflug, S. 27.

35 KT an Hans Erich Blaich, 03.11.1917, zit. n. Pflug, S. 27.

36 Else Weil, *Kassenärzte* in: *Die Weltbühne*, Nr. 25, 17.06.1920, S. 725.

37 KT, *Die Leibesfrucht spricht* in: Zwischen gestern, S. 126.

38 zit. n. Raddatz, Pseudonym, S. 17.

39 Ebinger, S. 141.

40 KT, *Sehnsucht nach der Sehnsucht* in: *Die Weltbühne*, Nr. 20, 08.05.1919, S. 538.

41 Jacobsohn an KT, 17.06.1923, zit. n: Pflug, S. 37.
42 zit. n. Hosfeld, S. 16.
43 KT an Marierose Fuchs, 21.11.1930, Katholikin, S. 100.
44 zit. n. Raddatz, Pseudonym, S. 17.
45 GA, Bd. 16, S. 118.
46 zit. n. Raddatz, Dann wird aus Zwein, S. 100.
47 zit. n. Bellin, S. 22.
48 Kurt Tucholsky, Briefe an Mary, 03.09.1919, S. 249.
49 Mary Gerold an KT, 17.12.1919, GA Bd. 17, S. 560.
50 KT, Briefe an Mary, 21.07.1919, S. 231.
51 KT, Briefe an Mary, 03.09.1919, S. 249.
52 KT, Briefe an Mary, 21.07.1919, S. 230–31.
53 KT, Briefe an Mary, Blätter für Meli, S. 259.
54 KT, Briefe an Mary, 13.01.1920, S. 292–93.
55 KT, Briefe an Mary, o. D. 1920, S. 296.
56 KT, Briefe an Mary, 20.01.1920, S. 294.
57 KT, Briefe an Mary, 16.02.1920, S. 296–97.
58 KT, Briefe an Mary, 05.06.1922, S. 322.
59 KT, Briefe an Mary, 20.02.1923, S. 315.
60 KT, *Französische Frauen* in: *Die Literarische Welt*, Nr. 21, 1926, S. 7.
61 KT, Briefe an Mary, 30.06.1924, S. 391.
62 zit. n. Bellin, S. 119.
63 zit. n. Bellin, S. 132.
64 KT, Briefe an Mary, 11.03.1927, S. 455–56.
65 KT, Briefe an Mary, 07.02.1927, S. 444.
66 zit. n. Bellin, S. 139.

67 KT, Briefe an Mary, 16.01.1918, S. 33.
68 Raddatz, Pseudonym, S. 59 ff.
69 zit. n. Bellin: S. 156.
70 GA, Bd. 19, 27.11.1928, S. 112.
71 KT, Briefe an Mary, 18.03.1930, S. 530.
72 KT, Briefe an Mary, 16.07.1931, S. 533.
73 KT, *AUS!* in: Rheinsberg, S. 155.
74 KT, *Oh Frau!* in: *Der Uhu*, Nr. 7, 01.04.1927, S. 42.
75 KT, *Sekretärin* in: *Der Uhu*, Nr. 2, 01.11.1924, S. 150.
76 Kiaulehn, S. 502.
77 Tergit, *Die Einspännerin* in: Rheinsberg, S. 126–130.
78 Tergit, Etwas Seltenes, S. 11.
79 KT, *Schicksale hinter Schreibmaschinen* in: *Die Weltbühne*, Nr. 52, 23.12.1930, S. 940.
80 KT, *Irmgard Keun, ›Gilgi, eine von uns‹* in: *Die Weltbühne*, Nr. 5, 02.02.1932, S. 177.
81 KT an Irmgard Keun, 16.07.1932, zit. n. Kennedy, S. 85.
82 Krell, S. 123–24.
83 in: Wallenberg, S. 98.
84 Vicki Baum, *Leute von heute* in: *Die Dame*, Reprint, S. 165–67.
85 Kiaulehn, S. 502.
86 KT, Briefe aus dem Schweigen, 15.04.1934, S. 101.
87 Raddatz, Pseudonym, S. 8.
88 KT, Schnipsel, S. 43.
89 KT, *Confessio* in: *Die Weltbühne*, Nr. 8, 22.02.1927, S. 307.

90 Matthias, S. 80
91 Matthias, S. 187.
92 KT, *Das Wirtshaus im Spessart* in: *Vossische Zeitung*, 18.11.1927.
93 Matthias, S. 132.
94 KT, Gripsholm, S. 30.
95 KT, Briefe an Mary, 16.06.1929, S. 522.
96 KT, Briefe an Mary, 01.07.1929, S. 523.
97 Matthias, S. 171.
98 KT, Gripsholm, S. 10–11.
99 KT, Gripsholm, S. 68.
100 KT, *Frauen von Freunden* in: *Die Weltbühne*, Nr. 29, 21.07.1925, S. 103.
101 KT, Gripsholm, S. 107.
102 Matthias, S. 187.
103 KT, Gripsholm, S. 25.
104 KT, Briefe aus dem Schweigen, 27.10.1934, S. 154.
105 Matthias, S. 303.
106 KT, *»Wie man's macht ...«* in: *Die Weltbühne*, Nr. 11, 15.03.1932, S. 415.
107 Canetti, S. 194.
108 KT, Briefe aus dem Schweigen, 27.10.1934, S. 156.
109 zit. n. Bellin, S. 198.
110 Kurt Tucholsky an Nuuna, 03.10.1933, zit. n. Bellin, S. 195.
111 KT, Briefe an Mary, 19.12.1935, S. 546.
112 KT, Briefe an Mary, 19.12.1935, S. 544–46.
113 Castonier, 10.07.1958, S. 46 und 21.09.1961, S. 84.
114 Castonier, 06.10.1961, S. 88–89.

115 Castonier, 15.10.1961, S. 89.
116 Stoltenberg (Artikel).
117 zit. n. Bellin, S. 205.
118 Matthias, S. 15.
119 Reich-Ranicki (Artikel).
120 Pflug, S. 58.

Mein Dank gilt Dr. Peter Böthig und dem Kurt-Tucholsky-Literaturmuseum im Schloss Rheinsberg für den freundlichen Empfang, hilfreiche Hinweise und die Unterstützung bei der Bildbeschaffung.

Birgit Haustedt
Die wilden Jahre in Berlin
Eine Klatsch- und Kulturgeschichte der Frauen
blue notes 50, 144 Seiten,
Halbleinen, Fadenheftung
ISBN 978-3-86915-067-3

Ein faszinierendes Porträt der Frauen, die Berlin sein unvergleichliches Gesicht gaben: Anita Berber, Marlene Dietrich, Helen Hessel, Else Lasker-Schüler, Claire Waldoff u.a.m.
Selbstbewusst und lebenshungrig, mit Bubikopf und Zigarette stürmten sie die letzten Männerdomänen und verfolgten unbeirrbar ihre künstlerischen Ziele. Abseits der gängigen Pfade schrieben sie ihr eigenes Stück Kulturgeschichte.

»Eine rasante Bilanz weiblicher Kunst und Kultur im Berlin der 20er Jahre.«

Brigitte

– www.ebersbach-simon.de –

Franz Hessel
Schöne Berlinerinnen
Herausgegeben von
Manfred Flügge
blue notes 56, 144 Seiten,
Halbleinen, Fadenheftung
ISBN 978-3-86915-101-4

Eine Auswahl der schönsten Frauenporträts des berühmten Flaneurs und Vertreters der modernen Metropolenliteratur. Wenn wir Hessels feinsinnige Prosastücke lesen – zum Beispiel sein hinreißendes Porträt über Marlene Dietrich –, so stoßen wir darin, mit Tucholsky gesprochen, »auf Passagen, die fast von einer Frau geschrieben sein könnten.« Dieser Band, herausgegeben von Hessel-Kenner Manfred Flügge, ist die ideale Lektüre für alle Berlin-Flaneure und Besucher.

»... die nötige Mischung von Zuverlässigkeit und Leichtsinn, von Verschwommenheit und Umriss, von Güte und Kühle ...«

Franz Hessel über die Berlinerin

Unda Hörner
Hoch oben in der guten Luft
Die literarische Bohème in Davos
blue notes 26, 128 Seiten,
Halbleinen, Fadenheftung
ISBN 978-3-938740-03-3

Schriftsteller und Künstler aus aller Welt ließen sich immer wieder vom morbiden Charme des Luftkurortes inspirieren. Ein faszinierendes Kapitel europäischer Kulturgeschichte in vier biografischen Episoden zu Katia und Thomas Mann, Klabund, Gala Dalí und Paul Éluard sowie Mopsa Sternheim und René Crevel.

»Es wurde getanzt, gelacht, gesungen, gehustet und auf den Korridoren geküsst.«

Klabund

– www.ebersbach-simon.de –

Unda Hörner
Auf nach Hiddensee!
Die Bohème macht Urlaub
blue notes 17, 128 Seiten,
Halbleinen, Fadenheftung
ISBN 978-3-934703-60-5

Keine andere deutsche Insel war ein so starker Magnet für Freiheitssuchende und -liebende wie Hiddensee. Der Großstadt entflohen, versammelte sich hier die Bohème, um ihre Ideale in die Tat umzusetzen, darunter Albert Einstein, Asta Nielsen, Joachim Ringelnatz, Mascha Kaléko und die Crème der Berliner Cinéasten. Der unbestrittene ›König der Insel‹ aber war Gerhart Hauptmann: Er beherbergte unter anderem Thomas Mann und Familie. Nach 1933 war es schlagartig vorbei mit dem Idyll an der Ostsee – doch gleich nach 1945 erwachte die Insel als Künstlerdomizil zu neuem Leben.

»Ein kleines Schmankerl für unterwegs, die Zitate prominenter Bewohner und Gäste machen neugierig.«
Der Tagesspiegel

– www.ebersbach-simon.de –

Ursula Voß
Marcel Proust und die Frauen
blue notes 64, 144 Seiten,
Halbleinen, Fadenheftung
ISBN 978-3-86915-134-2

Zehn kenntnisreiche Porträts der wichtigsten Frauen im Leben von Marcel Proust – Künstlerinnen, Schriftstellerinnen, Schauspielerinnen, Tänzerinnen und Salonièren, die allesamt Eingang gefunden haben in sein epochales Meisterwerk *Auf der Suche nach der verlorenen Zeit*: Darunter seine Mutter, die Künstlerinnen Sarah Bernhardt und Ida Rubinstein, die großen adligen Damen der Pariser Gesellschaft und nicht zuletzt seine Haushälterin Céleste Albaret.

»Proust macht glücklich.« *DIE ZEIT*

– www.ebersbach-simon.de –

Alexandra Lavizzari
Fast eine Liebe
Carson McCullers und
Annemarie Schwarzenbach
blue notes 65, 144 Seiten,
Halbleinen, Fadenheftung
ISBN 978-3-86915-139-7

Carson McCullers, *shootingstar* der amerikanischen Literatur der Vierzigerjahre, und die Schweizer Reiseschriftstellerin Annemarie Schwarzenbach waren Seelenverwandte und Schwestern im Geiste, die tragische Geschichte ihrer unerfüllten Liebe ist in die Literaturgeschichte eingegangen. Die Beziehung der beiden Frauen, die stets zwischen euphorischer Faszination und vorsichtigem Rückzug pendelte, fand jedoch gerade in ihrer Unerfülltheit einen besonderen, kreativen Reiz.

»In ihrem Buch zeichnet Alexandra Lavizzari einfühlsam die schwierige Liebesbeziehung zu Carson McCullers nach.«

Neue Zürcher Zeitung

– www.ebersbach-simon.de –

Bildnachweis

S. 15 © ullstein bild – Süddeutsche Zeitung Photo/Scherl; S. 18, 22, 62, 82 © ullstein bild; S. 27 © ullstein bild – Atelier Eberth; S. 32 © Stadt Rheinsberg/Kurt-Tucholsky-Literaturmuseum; S. 50, 92, 107 © bpk; S. 69 © Deutsches Literaturarchiv Marbach; S. 77 © INTERFOTO/Friedrich; S. 86 © Verlagsarchiv; S. 102, 105, 111 © Akademie der Künste, Berlin.

1. Auflage 2017

Umschlagfoto: Kurt Tucholsky und Gussy Holl
© Deutsches Literaturarchiv Marbach
Umschlaggestaltung: Lisa Neuhalfen, moretypes, Berlin
Satz: Birgit Cirksena · Satzfein, Berlin
Druck und Bindung: Westermann Druck, Zwickau
ISBN 978-3-86915-137-3

www.ebersbach-simon.de